1999년생
운 좋게 태어난 놈

최명오 소설

시음사
시사랑음악사랑

작가의 말

"저는 이 글을 쓰면서도 두 가지를 상상해봅니다."
하나는, 살아온 날들에 대한 그리움들과
또, 하나는. 살아가야 할 미래에 대한 삶이 아름답게 이어가기
를 바라는 마음을 상상해봅니다.

혹여, 독자들이 보면 보잘것없는 글일지도 모릅니다.
한때 암울했던 시대를 살아오면서 수없이 많은 인연에 대한
발자국들이 있었지만 그 기억을 찾아내기가 그리 쉬운 일은
아니었습니다.

비록 자서전 소설이라 하겠지만, 지나온 인생길에서 만난 고
마운 분들이 계셨기에 용기를 내어 긴 글로 조금이나마 한때
몸부림치며, 격정의 시간에 맞서 살아온 "나와 지인들의" 삶
을 위로하며 하나둘 먼지를 털고 닦아내면서 생각에 생각을
나열해 봅니다.

간혹 "내 생각이 징검다리 건너듯 잊혀져 간 사람들처럼 뛰어 넘기도 하였지만 상상만으로는 이 글을 다 쓸 수가 없어서 살면서 지난날들에 대한 미련이 조금은 그랬지 않았을까 하면서 집필을 했습니다."

이 모든 관계의 글은 "나의 사랑하는 아내와 딸들, 늦둥이 아들과의 인연에 대한 고마움과 수없이 많았던 인연에 걸음걸이가 되어주신 분들께 "덕분에"라는 말로 감사를 드립니다."

아울러 이 책이 나올 수 있도록 도움을 주신 김락호 이사장님과 편집 관계자님들께 감사를 드립니다.

작가 **최명오**

1. 암울한 시절

80년 봄이 다가오는 계절에 심장이 멎을만한 소식을 듣고 말았다.

한 치 앞도 나가지 않는 암울한 시기에 꿈도 없고 낙도 없는 하루하루가 살아가기 어려울 정도로 심신이 고달프고 마음이 아팠다. 철창에 갇힌 마음과 단단하게 잠긴 열쇠 뭉치와도 같은 마음으로 지내던 암울한 시기. 어느 곳을 다녀도 온통 연막탄 같은 하늘과 코를 찌르는 매콤한 냄새가 서울 하늘과 땅을 기어 다닌다.

뜻도 이상도 서서히 멀어져만 가고 나의 친구들도 하나둘 각자의 삶을 찾아 떠나고 있다. 의미 없는 삶 속에 하루를 지나고 나면 꿈도 없는 현실 속에서 살아야 하는 자신이 싫었다. 도망치고 싶었다. 이곳에서 멀리 아무도 모르는 곳으로 가고 싶은 마음이 내 안에 잠들고 있었다. 마음은 훨훨 날아가고 싶은데 현실은 나를 막고 있었다.

다들 어려운 시기에 무엇 하나 건질 수 없는 먹먹한 하루를 지내고들 산다.

눈에 보이는 저 꽃들은 그저 아름다워 보일 수 있으나 시들면 허무한 듯. 내 삶의 하루도 그러하듯이 하루 종일 술래잡기를 반복하고 있었다.

머리도 머리지만 집안이 넉넉하지 못하고 크게 잘나지도 못한 탓에 사업은 엄두도 못 내고 무엇 하나 제대로 할 수가 없었다. 여유가 없어 하루 종일 방구석에 쪼그려 앉아 궁상떤 적도 한두 번이 아니다.

미래에 대한 계획을 세울 수도 없어 생각은 허공을 날아다니고 있으면 먹고 없으면 쫄쫄 굶을 때도 더러 있었다. 있을 때는 왕창 쓰고, 없으면 먹다 남은 쉰밥조차 맛있게 먹을 때도 있었다.

그때는 내가 아는 사람들은 거의 비슷비슷했었다. 하루하루 그날 그날을 살아가면서 지냈던 시간들. 그때는 그게 부끄러운 줄도 모를 때였다. 인생은 한참을 지나야 알 수 있듯이 내 삶도 그러했다.

조금은 부끄러운 지가 뭔지 알 때쯤 친구 한 명이 찾아왔다. 한동네 친구지만 그리 친한 것도 아닌데 너무나 반가운 척하며 담배 한 갑을 손에 쥐여 준다.

우리 집은 큰길 옆에 있었던지라, 차가 지나는 소리가 큰 탓에 내 골방 안으로 들어왔다. 커피와 함께 녀석이 사 온 담배를 피우면서 그동안의 안부와 시국에 대해 이야기를 나누다가 나는 큰 망치에 한 대 얻어맞은 것처럼 머리에 쥐가 났다.

그 친구는 다음 달에 결혼을 한다며 찾아온 것이다.

그 당시 내 나이쯤에는 조금 일찍들 가지만 내 친구들 중에는 처음이라 깜짝 놀랐다. 나 자신은 꿈도 못 꾸고 나이를 잊어버릴 정도로 삶의 골짜기에서 헤매고 있는데 녀석은 벌써 장가를 간다니 말이다.

친구가 돌아간 뒤로 나는 그 방에서 이틀을 나오지 못하고 심한 몸살을 앓았다. 어떤 때에는 깊지도 않은 잠결에 헛것이 보이기도 하고 가슴이 답답할 때 느끼는 통증에 울렁거리기도 했다. 몸살 이틀째인 그날에 꾼 꿈이 이상하게도 내 머릿속을 떠나지 못하고 생생하게 기억이 난다.

남산 아래 장충단 공원이 있고 국립극장 조금 위에 있는 약수터에는 몇몇 사람들이 약숫물을 뜨고 있었다. 처음인 것 같은데 서로들 반갑게 인사를 나누며, 무슨 말인지는 기억은 나질 않지만 아쉬운 듯 인사를 하는 것 같기도 하고 이별하는 사람들처럼 여기저기 인사를 나누고 있다. 그렇게 헤어져 오는 길 아쉬움에 남산을 바라보니 능선길이 꿈틀거리며 용이 오르는 것처럼 하늘을 향해 오르고 있다. 그리고 잠이 깬다.

온몸에는 식은땀이 줄 비 오듯 흘러내리더니 이상하게도 허기가 밀려온다. 그렇게 심한 몸살이 지나갔어도 마음의 충격은 남아 있었는가 보다. 친구의 결혼 소식은 아픈 내내 머릿속을 떠나지 못하고 나의 심경에 큰 경종을 울렸다. 나 자신이 한심스럽기만 했다. 이대로 있다가는 내 인생도 다른 놈들과 같겠구나 하는 마음뿐이다.
　당시에 친구들은 나와는 조금은 달랐다.

나는 친구 부류가 세 가지로 나뉘어져 있었다. 하나는 동네 친구고 둘째는 학교 친구들과 셋째는 명동 친구들이 있었다. 동네 친구들과는 길 가다 만나면 이야기하는 정도였고 명동 친구들과 명동에서 많은 시간을 보내며 시국과 앞날에 대한 이야기를 하며 지내던 시기였다. 그나마 꽉 막힌 시대를 논하는 자리에는 조금은 깨인 친구들이고 나의 이념과 생각이 같았기에 나 역시도 현 시국에 대해 조금은 알 수가 있었다.
　동네 친구들은 여전히 그 자리에서 맴돌고 하루하루를 살아갔다. 나는 그 친구들과는 다르다는 생각에 80년 들어서 조금씩 생각했던 일들을 부모님께 말씀을 드렸다. 물론 가끔씩 이야기 드린 적도 있었으나, 이 험난한 시국에 어디든 혼자 다니면 안 된다는 말씀에 이제 내 앞가림할 나이가 되었으니 믿어 달라고 몇 번이나 조른 적도 있었지만 어림도 없었다.

3년 전, 한동네에 살던 친구네가 부산으로 이사를 갔다.

그 친구의 작은아버지는 부산에서 고아원을 하시다가 미국으로 이민을 가시게 되어서 친구 아버님이 맡기로 하여 이사를 간다고 했다.

유일하게도 동네 친구들 중에는 나와는 성격도 맞고 생각도 같았던 가장 친한 친구였었는데 많이 서운했었다.

가면서도 꼭 놀러 오라는 말과 함께, 언젠가는 같이 무엇이든 해보자는 약속과 함께 헤어졌던 친구다. 그 친구가 떠난 뒤 나는 혼자서 꽤나 쓸쓸함을 느꼈었다. 그때는 왜 그런 감성들이 마음 가득히 송골송골 차 있었는지 그런 나이였나 보다.

그러던 어느 날, 고아원 사정이 적힌 글과 친구도 낯선 곳이라 많이 허전했었는지 보고 싶다는 편지를 보내왔다. 이렇게 어려운 시국에 고아원인들 오죽 하겠냐마는 나는 솔직히 고아원이란 곳을 잘 모르고 있었다. 나와는 거리가 먼 곳에 있는 줄 알았는데, 이 편지 한 장에 내 안에 있던 감성이 훅 올라온다.

당시 극장에서는 영화를 시작하기 전에 애국가가 나오는데 왜 그런지는 몰라도 애국가 첫 소절부터 가슴이 뭉클하고 눈물이 맺힌다. 애국자 같은 마음이어서일까? 꼭 그런 것 같지는 않은 것 같은데, 지나치게 감동을 받고 감성이 솟구쳐 오를 때가 많이 있었다.

잘 지내냐는 말과 보고 싶은데 고아원 아이들 때문에 서울

올라올 시간이 없단다. 그곳 남자아이들 머리는 모두가 빡빡머리고 여자아이들은 단발머리뿐이란다. 친구가 그곳에서 제일 먼저 배운 게 아이들 머리 깎는 것이란다. 아주 오래된 머리 미는 바리깡 하나와 가위 두 개로 깎는다고 한다. 그나마 바리깡은 날이 빠져서 깎을 때마다 뜯겨서 아파서 눈물을 찔끔 찔끔 흘린단다.

나는 가슴이 먹먹하면서도 편지를 읽어 내려간다.

6살짜리 남자아이와 8살짜리 여자아이가 밤마다 연탄불을 갈고 있다고 한다. 아이들은 그러면서도 또래들끼리는 즐거워하며 장난도 치며 그렇게 살아간다며 소식을 전해왔다. 그러면서 꼭 한번 내려왔으면 한다.

나 역시 보탬이 될 수는 없지만 꼭 한번 가서 아이들과 함께 놀아주면 좋겠다 싶은 마음 먹고 있을 때, 갑자기 며칠 전 부모님께서는 내가 잠들은 줄 알고 두 분이 말씀하시는 걸 들은 적이 있다. 무슨 돈인지는 몰라도 80만 원을 장롱 안 버선 속에 감추어 놓으신다고 한다.

그때는 그렇게 큰돈인 줄 몰랐지만 나중에야 알았지만 옥수동 산동네 큰 집 한 채가 200만 원 정도였으니 꽤나 큰돈이었던 것이다. 그때는 그 돈이 무슨 돈인지 생각할 겨를도 없이 농을 열어보니 이불 맨 아래 뒤쪽으로 손에 잡히는 것이 있었다. 두 분이 말씀하시던 돈이었다. 그 돈 중에 30만 원을 빼서 서둘러 밖으로 나온 뒤에 용산역으로 가는 버스를 탔다.

부산행 열차 당시에는 완행열차인 비둘기호로 12시간이 걸렸다.

그래도 돈을 아끼려고 했는지 완행 열차표를 끊고 개찰 시간을 기다리면서도 도둑이 제 발 저린 것처럼 사방을 살피다 화장실에 들어가 앉아서는 어찌나 긴장을 했던지 무엇을 얼마나 그렇게 잘한 것처럼 어찌나 그리 양도 많게, 그리 시원하게 똥을 쌓는지, 그때 그날 이후로는 지금까지도 한 번도 그렇게 시원하게 똥을 싸본 적이 없었던 것 같다. 비우고 나니 바로 허기가 진다.

당시에 역전 우동은 지금도 느낄 수 없는 맛으로 한 그릇 뚝딱 마시듯 먹고 나니 개찰 시간이 되었다. 맨 앞에 서 있다가 슬그머니 중간쯤으로 옮겨 서 있었다. 혹시라도 누군가 아는 사람이라도 볼까 봐 부모님한테는 부산으로 가는 걸 알면 안 되었기에 고개를 숙인 채로 개찰구를 빠져나갈 때는 한숨이 저절로 나오는 걸 보니 '역시 도둑질은 이런 마음이구나' 하는 생각을 하면서도 남의 물건을 훔친 사람들은 평생을 안고 살아가야 하는 걸 느끼면서 빈자리에 앉았다. 조금 후에는 입석이라 서 있는 사람들도 꽤나 있었다.

한 시간 정도를 지나왔을 때였다. 기억은 잘 안 나지만 세 번째 역 정도로 생각이 드는데 할머님 한 분이 큰 보자기를 들고 타신다. 본능적으로 일어나 할머님을 앉히고 보니 12시간이나 걸린다는 생각이 갑자기 든다.

'아, 어쩌나.' 하는데 할머니께서 총각인지 모르지만 고맙다고 하시면서 한 시간씩 번갈아 교대하시자고 하신다.

"할머님은 어디까지 가세요?"라고 물어보니, 막내딸이 사는 부산까지 간다고 하시면서,

"총각은 어디까지 가는데?" 하신다.

"아, 네, 저도 부산진역까지 갑니다."

더욱 반가워하시면서 내릴 때 같이 내리시자고 하신다. 그리고 그 말씀 이후로는 할머님과는 한마디도 이야기를 못 했다. 한 20분 후부터는 할머님 코 고시는 소리를 부산까지 들었으니까.

다리도 아프고 허기도 밀려올 즈음 어느 정도 시간이 흘렀을까 하는 생각이 들 때, 웅성거리는 소리에 선잠에 눈을 돌려보니 곧 대전이라는 안내방송이 나온다. 가끔 들었던 노래가 생각이 난다. 대전발 0시 50분 열차가 도착하자 사람들이 갑자기 뛰기 시작한다. 길게 늘어선 줄에 우동 한 그릇을 10분 안에 먹기 위해서이다. 다행히 빠르게 움직인 덕에 빨리 먹고 자리로 돌아오니 할머님은 여전히 곤히 주무시고 계신다. 주위를 둘러보아도 모두들 늦은 시간이라 조용하고 기차 바퀴 지나는 철커덕 철컥철컥 소리만이 정적을 가른다.

이젠 다리가 너무나 아프다. 몇 시간을 서 있다 보니 다리에 쥐도 나고 보이는 것도 모두가 비몽사몽이다. 도저히 참을 수

I. 암울한 시절

가 없어 위를 쳐다보니 짐칸 하나가 비어 있다. 조금 전까지도 있었는데 아마도 대전에서 내리신 것 같다.

그곳을 힐끔힐끔 바라보다 도저히 안 되겠다 싶어 양복 윗저고리를 벗고 쪼그려 누우니 세상에 이렇게나 편할 수가 없다. 부산에 간다고 나이트클럽에만 입고 다니던 날라리 양복에 깃 넓은 난방을 받쳐 입던 옷을 벗어 얼굴을 감싸고 잠시 꿀맛 같은 휴식을 취할 때 차표 검사를 한다는 차장의 목소리가 들려온다. 나는 차표가 있지만 짐칸에 올라간 게 잘못이라 꼼짝 않고 있다가 조용한 틈을 타 살짝 옷깃을 열어 둘러보니 함께 서 있던 몇 사람이 안 보인다.

이상하다 생각하며 주위를 둘러보니 건너편 짐칸에도 한 사람이 올라가 있고 몇몇 짐칸에도 보인다.

'햐~. 저분들도 얼마나 내가 부러웠으면 참다 참다가 올라갔을까?'

아래를 내려다보니 할머님 역시 아직도 꿈길인 듯 꼼짝을 안 하신다.

'그래. 그냥 주무시는 게 더 낫다고.' 생각하며, 이 모습 또한 훗날 추억이려니 생각하다가 나 또한 잠이 들었나 보다.

낯선 말들과 웅성거리는 소리에 잠이 깨어 기지개를 피다가, 짐 가림막 쇠붙이에 팔꿈치만 부딪혀 아픈 표정으로 눈을 떠보니 경상도 어디쯤에 있는 역인가 보다. 타고 내리는 사람들 소리가 엄청 시끌벅적하다.

고개를 돌리자 눈이 마주치는 얼굴이 있다. 그런데 눈을 마주친 사람의 표정이 얄궂다. 쬐려 보는 건지 웃음을 참는 건지 알쏭달쏭 한 표정에 잠이 확 깨어 바라보니 눈이 꽤나 큰 아가씨가 서 있다.

가방이 제법 큰 걸 보니 짐칸에 올려야 하는데 사람이 자고 있으니 난감했던 모양이다. 그런데 슬쩍 눈 흘겨 자세히 보니 꽤나 예쁘게 생겼다. 민망함에 슬금슬금 어정쩡한 자세로 내려오다 그녀의 어깨를 짚었다.

그녀도 깜짝 놀랐지만 내 몸 반쯤을 얼떨결에 안아주며 괜찮은지 걱정스러운 표정이다. 갑작스러운 일에 당황한 나는 태어나서 그렇게 얼굴이 빨갛게 달아 본 적이 없었는데 불에 데인 것처럼 화끈거림에 놀라서

'아, 네.' 하고 민망함에 다른 곳을 바라보려는데

'저기요 이것 좀.' 하는 말에 뒤를 돌아보니 내가 잠들었던 자리에 큰 가방을 올리려다가 힘이 부쳐 나를 부른 모양이다.

가방을 들어 올려주니 고맙다는 말에 나도 모르게 어디까지 가느냐고 물어보니 부산진역까지 간다고 한다. 그리고 그녀는 내가 부산을 잘 알고 있는 줄 알고 용두산 공원이 가까운 가를 묻는다. 나 역시 초행길이라고 하지 그녀도 살짝 걱정스러운 얼굴이다.

그런데 참 이상하게도 마음이 끌린다.

그렇게 그녀와 나는 비둘기호 완행열차에서 조금은 서먹하면서도 서로가 초행길이라 그런지 동병상련의 마음으로 서

로를 의지하며 이런저런 이야기를 나누며 종착역을 향해 가고 있었다.

어느 정도 다 와 간다는 생각에 할머님을 바라보는데 이상하게도 아까와는 다르게 몸을 움직이면서 주무신다. 내가 보기에는 깨어나신 것 같은데 자리를 교대하며 가시자던 말씀에 미안해하셨는지 잠든 척하신다.

이제 곧 부산진역이라는 안내방송도 나올 시간인데 할머님이 미안해하실까 봐 그녀에게는 할머님과의 처음부터 있었던 이야기를 하자 순간 웃음을 참으려는 그녀의 표정이 참 귀엽게 느껴진다. 그렇게 할머님이 눈을 뜨시기 전에 그녀와 눈인사를 하고 다음 칸으로 옮기려 하는데 갑자기 그녀가 팔을 잡는다. 혹시 용두산 공원 쪽으로 오실 일이 있으면 공원 오르는 계단 입구에 정원 레스토랑으로 꼭 한번 놀러 오라고 한다. 언니가 그곳에 있어서 도와주러 간다며 만나서 반가웠다며 웃는다. 그러면서 처음으로 정면으로 얼굴을 바라보니 나보다는 두세 살 정도는 많아 보인다. 웃는 모습도 아름답지만 짧은 시간에 순수한 마음이 전해와 친근해질 수 있었던 것 같아 초행길에 더욱 마음이 놓이는 것 같아 다행이라 생각하며 부산진역을 나선다.

처음으로 밟아본 땅에 크게 기지개를 켜고 하늘을 올려다본다. 잿빛 하늘이 파란 하늘빛으로 아침이 막 지나갈 때쯤에 어디선가 "야, 명오야!" 부르는 소리가 들린다. 친구인 선호가 반가운 듯 저만치에서 뛰어오는데 멀리서 보이는 선호의 모습이 많이 달라져서 조금은 놀랬다.

서울에 있을 때에는 몸이 통통한 편이었는데 복싱을 하던 친구라 상당히 몸이 좋았는데 너무나 마른 몸에 깜짝 놀랬다. "선호야, 오랜만이다." 하며, 와락 끌어안았다.

반가운 마음이 어쩌면 같은 마음이어서일까 친구의 얼굴에 눈물이 핑 돌아 맺힌 걸 보는 순간에 내 눈에서도 이슬이 굴러다니는 것 같다. 역전 앞에 있는 다방에 앉아 지난 이야기를 하며 부모님 안부와 그동안에 쌓인 궁금함에 시간이 가는 줄 몰랐다. 한참만에야 배고픔이 밀려온다.

"선호야. 어디 가서 밥 먹으면서 이야기하자."고 나가자고 하니 녀석은 그냥 집에 가서 먹자고 한다.

"왜? 선호야. 먹고 가면 왜 안 되냐?"고 물으니 밥은 늘 아이들하고 먹어왔단다. 부산 내려와서 몇 번인가 사 먹었는데 한 그릇 값이면 아이들이 다섯 명 정도는 먹을 수가 있는 돈이라고 한다. 그 말에 잘 믿기지 않았지만 어쩌면 그 말이 맞을 수도 있다는 생각이 든다.

"그래. 그러면 빨리 가자. 배고프니까." 하면서 우리는 고아원으로 가는 버스를 타고 높은 언덕을 털털 거리며 오르는 길 이곳에서 바라보는 산 아래 지나온 길을 보니 식은땀이 등줄기를 타고 흘러내린다. 아찔한 순간을 지나 좁고 낭떠러지가 보이는 길을 지나자 종점이 보인다. 우리는 내려서도 한참을

I. 암울한 시절

더 올라가서야 옹이가 박힌 소나무 송판에 그려진 '정애원'이란 나무판자가 보이는 곳에는 몇몇 아이들이 기다리고 있었다. 숫기가 없어서인지 전봇대 뒤에 숨어서 보는 아이와 두세 살 많은 언니의 치맛자락을 잡고 누런 코가 들락거리는 빡빡머리 아이가 8살은 되어 보이는데 나를 많이 경계하는 눈빛으로 나를 바라본다.

"얘들아, 안녕."

손을 흔들며 머리를 쓰다듬으려 하자 빡빡이 녀석이 얼른 대문 안으로 뛰어 들어간다. 어린 소녀 아이는 수줍어 손가락을 입에 물면서 멋쩍은 얼굴로 고개를 끄덕이며 나를 보고 웃는다.

"명오야! 이 아이가 너를 제일 많이 기다렸어."

나이는 이제 11살이고 이름은 점순이라고 한다.

얼굴에 점은 없는 것 같은데 어디에 점이 있는지를 물어 보고 싶었으나 '아, 그래. 네가 점순이구나' 사실 여기에 오기 전에 선호와 몇 번은 편지를 주고받았는데 그때 점순이에 대해서 들은 적이 있다. 너무나 착하고 아이들 챙기는 일에는 제일 먼저 나서서 한다는 말과 남을 위해 하는 일이 꼭 천사 같은 아이라는 말에 내려가면 꼭 한번 만나고 싶었던 아이였다.

그렇게 아이들과 나는 첫 대면을 하고 고아원으로 들어가서 아버님과 어머님께 인사를 드리고 나왔다. 서울에서는 앞뒷집에 살았기에 많이 반가워해 주셨다.

"오느라고 수고 많았다. 부모님은 잘 계시지?"

"네. 잘 계십니다."

"그래. 그럼 쉬어라." 하시며 두 분은 구호물자를 받으시러 나가셨다.

　작은 산동네 치고는 고아원이 조금은 큰 편이었다. 판자로 덮은 작은 집 한 채와 기와로 지은 건물이 두 채나 있었다. 방은 다닥다닥 붙어 16개 정도였고 아이들은 54명이라 한다. 고아원장 아들이라 그런지 선호의 말 한마디 한마디가 법이고 규율이었다. 오래전 시골 학교에서나 보았던 종을 치니 모두가 밖으로 나온다. 포대기에 업혀서 나오고 기어서 나오는 아이와 절뚝거리고 무릎이 깨져서 피멍이 든 놈. 내가 상상했던 모습과는 전혀 다른 모습에 조금은 놀랐지만 얼굴은 환하게 웃자 선호가 내 소개를 했다.

　"에~~~ 여기 있는 내 친구는 서울에서는 아래위 집에서 살았고 나하고는 제일 친한 친구이며 당분간은 여기에서 지낼 거라면서 별명은 명 갈비."라고 하자 굳어있던 아이들 얼굴에서 웃음이 터져 나온다. 당시에 나는 갈비뼈가 보일 정도로 튀어나와서 친구들이 부르던 별명이었다. 그렇게 소개가 끝날 무렵에 커다란 소쿠리를 든 여자아이와 옆에 서 있는 남자아이가 유독 눈에 들어온다. 늦은 시간에 선호와 나는 그곳에서 아침을 먹고 선호의 방으로 들어가서 짐을 내려놓고 나서야, 부산 고아원의 하루가 시작되었다. 조금 후에는 아이들 머리를 깎아 준다는 친구의 말에 가르쳐 주면 함께하기로 했다. 그

Ⅰ. 암울한 시절

런데 살짝 궁금한 게 있어서 물어보았다.

"선호야. 아까 멀리 맨 뒤에 서있던 아이들 말이야 소쿠리 들고 있던 아이가 어디 아프니? 멀리서 보아도 배가 많이 나와서 말이야."

그 말에 선호의 표정이 심각하다.

"명오야! 아까 그 아이들 사실은 부부나 마찬가지야." 17살 동갑내기란다. 서로 오래 있다 보니 좋아하게 되었고 아무도 모르게 사랑을 하다가 아이를 가졌다고 한다. 원래는 고아원에서 쫓겨나야 하는데 너무 착하고 성실하게 동생들도 잘 돌보아 주고 해서 선호의 부모님이 허락해 주었다고 한다. 내년이면 18세로 이곳을 떠나야 한다. 고아원 규칙상 18세가 되면 독립을 해야 한다. 그 둘은 3살 때와 5살 때 이곳으로와 10여 년을 이곳에서 살아서인지 이곳을 떠나기가 두려워서 원장님께 여기에서 도우며 살면 안 되는지를 물어도 보았는데 어쩔 수가 없단다. 그들은 내년에 밖에서 가정을 꾸미고 이곳으로 봉사 요원으로 오겠다고 한다. 다른 아이들은 나이가 들기도 전에 이곳을 나가려고만 하고 도중에 나가서 안 들어오는 아이들도 있는데 그래도 이들은 이곳에 살고 싶어 하는 마음이 기특하여 선호의 부모님이 남몰래 허락한 상태라고 한다.

"아~그래. 어쩐지 나를 쳐다보는 눈길이 가슴에 남아서 물어보는 거야." 나는 어떻게 도움을 줄 수 없을까 하고 생각하며 긴 한숨을 쉰다.

선호가 아이들 머리 깎아 주자는 말에 방에서 일어나 밖으로
나왔다. 어느새 파란 하늘은 붉게 물들고 해는 서산을 향해 굴
러가고 있었다. 마당 한가운데에는 꿈동산이라고 쓴 큰 바위
에서 몇몇 아이들과 용진이란 아이가 기다리고 있었다. 아까
누런 코가 들락거리던 아이였다. 밤송이처럼 솟아난 머리를
긁적거리고 한쪽에는 땜통처럼 벗어진 곳에는 부스럼이 피어
나 자꾸만 긁적대는 용진이가 안쓰럽다. 그러한 용진이의 머
리에 구멍 난 누런 쌀 봉지를 씌우고 앞머리에서 뒤쪽으로 길
을 내듯이 밀어 버린다. 땜통을 지날 때에는 신음소리가 들리
는데 눈에는 눈물이 핑 돌아 우는 건지 신음과 함께 움찔움찔
거린다. 얼마나 아플까 그렇다고 선호가 전문 이발사가 아니
라 손가락으로 힘주며 밀고 가다 놓으면 머리카락이 바리깡에
끼어서 뜯기는 것처럼 아플 텐데 용진이는 잘도 참는다. 나중
에서야 안 일이지만 선호가 호랑이보다 더 무섭단다. 선호는
그렇게 다루지 않으면 아이들끼리 싸우고 규율도 무너져서 어
쩔 수 없이 그렇게 할 수밖에 없다고 한다.

며칠 후, 그 말에 공감이 가는 일이 터졌다. 방에 연탄불을
피우는데 호식이란 이의 방에 틈불이 꺼졌나 보다. 당번인
아이의 눈에 시퍼런 멍이 들어있다. 선호가 왜 그러냐고 물어
보니 말을 못 하고 우물쭈물 거린다. 회초리를 들자 그때서야
호식이 형 방에 불을 꺼트려서 한 대 맞았다고 한다. 호식이는
16살 남자아이인데 녀석은 남들과 다르게 몸집이 꽤나 큰 편

인데 가끔은 어느 단체에서 건빵과 과자를 후원해 주는데 호식이한테 조금씩 바치는 모양이다. 선호가 없을 때에는 호식이가 호랑이가 된다고 한다. 선호가 호식이를 부르자 놈은 담을 타고 넘어 도망을 친다. 아마도 녀석도 혼나는 게 무서워서 도망을 쳤을 것이다. 내가 걱정을 하니까 늦은 밤에 몰래 들어온다고 한다. 선호의 말에 그렇구나 하면서도 걱정이 되는 건 아마도 나와는 살아온 삶이 다른 아이들의 모습이 안타까울 뿐이다.

그렇게 몇 날이 지났을까?
차츰 알게 되는 고아원의 실상을 처음 알았고 어렵게 살아가는 생활에 마음이 아팠다. 내가 도울 수 있는 건 아이들 머리 깎아주고 함께 즐겁게 웃으며 놀아주는 일뿐이다. 다행인 것은 처음과는 달리 마음을 열고 갈비 형이라고 부르고 또 갈비 오빠라고 부르며 잘 따라주어서 다행이었다. 아이들이 처음보다 많이 밝아진 모습에 선호의 부모님도 많이 좋아하셨다.
이곳은 마음이 가면 가는 데로 삐뚤어지면 삐뚤어 진대로 휘어지면 휘어진 대로 가는 곳. 그런데도 너무나도 잘도 맞춰져가는 곳이었다. 이젠 이곳에서의 하루하루가 정이 들어간다. 선호도 이젠 마음이 놓이는지 밖에 일도 마음 놓고 볼 수가 있다며 좋아한다.
그러던 어느 날 햇살이 좋아 하늘을 보며 콧노래를 부르는데 빨래를 널던 진희가 갈비 오빠 하는데 음성이 많이 떨리면서 얼굴이 빨갛게 달아올라 머뭇거리면서 눈치를 본다.

"왜. 무슨 일 있니?"

"아니요. 부탁이 있어서요."

"무슨 부탁인데 그래?"

"서울에 혹시 일자리 알아볼 수 있나 해서요."라고 물어본다.

동갑내기 정수가 취직을 하려 하는데 아는 곳이 너무나 없단다. 이곳 고아원 출신들의 선입견이 안 좋아 올바른 직장 구하기가 어렵고 여자아이들은 다방 레지나 식모로 가고 남자아이들도 처음에는 중국집 배달도 하고 비렁뱅이처럼 떠돌아다니다 나쁜 길로 빠지는 아이들도 많다고들 한다. 당시에는 입양이 한창일 때라 진희는 애기를 낳고도 같은 생활이면 어쩔 수 없이 입양을 생각해 봐야 한다고 한다. 나는 깜짝 놀랐다. 이 아이는 벌써 이런 생각을 하고 정수의 앞날을 걱정한다. 나를 믿고 하는 이야기를 하니 나도 모르게 내일처럼 걱정이 앞선다.

"그래. 진희야, 우리 천천히 생각해보자."라는 말에 울먹거리며 말하던 진희의 눈에는 눈물이 글썽 거린다.

'꼭 부탁은 들어 주세요'라는 간절한 눈빛이다. 그 아이의 이름이 진희고 애기의 아빠는 정수라고 얼마 전에서야 알았다. 진희는 처음 고아원에 왔을 때 얼굴이 까맣고 예쁘게 생겨서 선호의 부모님이 지어준 이름이란다.

그날 저녁 나는 선호와 커피를 한잔하면서 낮에 있었던 진

23

희의 말과 함께 정수에 대해서 자세히 물어보았다. 3년을 보았는데 착하고 성실해서 남 같지 않은 생각이 드는 아이라고 하며 의젓함이 남과는 다르다고 한다. 공부는 적성에 맞지 않는다고 하는데 내가 생각하기에는 태어날 애기 때문에 마음이 급할 수밖에 없을 거라고 한다. 그러나 그런 아이들도 나가서 뚜렷한 직업이 없으면 먼저 나간 아이들과 어울리게 되고 또 그렇게 나쁜 길로도 갈 수 있다고들 하여 진희가 걱정을 하는 것 일 거라고 한다. 그중에는 물론 잘 되어서 찾아오는 아이들도 있다고도 한다.

그렇게 바쁘게 한 달이 지나고 두 달이 지날 즈음 나의 고민도 하나 둘 늘어만 갈 때다. 어느 정도 고아원이란 곳이 이런 곳이란 걸 알 때쯤 선호가 내일은 용두산 공원에 구경 가자고 한다. 부산에서는 꽤 유명한 공원이라고 하는데 그곳에 바람 쐬러 가자고 한다. 그동안 고생 많았다며 맛있는 거 사준다고 한다. 내가 내려와서 선호도 고아원의 밖에 일들을 열심히 다니고 있었다.
용두산 공원 소리에 그동안에 잊고 있었던 비둘기호의 아가씨가 생각이 났다.
용두산 공원 계단 입구에 언니가 하는 레스토랑으로 잠시 도와주러 간다던 아가씨다.
참 그동안에 바쁘게 살았는가 보다. 전혀 생각하지 못하고 살았는데.

"그래." 하면서도 내일을 기다리며, 선호한테는 그 아가씨와의 일들은 전혀 이야기를 하지 않았다.

오늘은 창문으로 들어오는 햇살이 내 눈을 스케치하며 유난히도 눈부시게 찾아오는 것 같다. 눈을 떠보니 선호는 벌써 일어났는지 안 보인다. 방문을 열고 나오려다 밖에서 무슨 소리가 들리는 것 같아 귀를 기울여보니 선호와 진희의 말소리가 들려온다.

어젯밤에 정수가 안 들어 온 모양이다. 진희의 울먹이는 소리가 들리고 선호는 아버지와 어머니 모르게 하라는 말에 나도 걱정이 되어서 방문을 살며시 열고 여기로 들어와 조용히 이야기하자고 했다. 진희는 그동안에 둘이서 했던 말을 이야기를 한다. 애기가 7개월째 접어들면서 정수의 마음이 꽤나 다급해졌다고 한다. 누구와 의논할 수도 없고 이대로 있자니 책임감에 일자리를 남몰래 알아보러 다녔다고 한다. 그런 정수가 어제 안 들어 왔단다. 진희는 밤새 끙끙 앓다가 선호를 찾아왔는가 보다. 선호도 걱정스런 얼굴이다. 나 역시 안타까움에 무슨 일이야 없겠지 하면서 너무 걱정하지 말라고는 해놓고 은근이 걱정이 되었다.

진희를 돌려보낸 후, 우리는 어제 이야기하던 용두산 공원으로 가는 버스를 탄다. 첫날 이후 한참 지나서야 고아원을 나서니 처음 왔던 길이 새삼 무서워진다. 산꼭대기로 올라올 때의 버스와 내려갈 때의 길은 완전히 달랐다. 올라올 때는 힘이 들어 천천히 올라오는데 내려갈 때는 오줌이 찔끔찔끔 나온다.

7월이라 수박을 안고 탄 아저씨와 누런 봉투에 쌀을 안고 가는 아줌마. 얼마나 바쁘게 탔으면 앞 지퍼가 열린 아저씨의 그곳을 힐끔힐끔 바라본다. 나와 눈이 마주치자 얼른 고개를 돌리는 아줌마와 발가락이 튀어나온 아이. 이 모든 것들이 이곳에서 살아가는 하루의 일상들이었다. 덜커덩 버스가 크게 한 번 흔들리며 휘청 거리더니 버스 한가운데로 수박이 대굴대굴 굴러가다 "퍽!" 소리와 함께 두 동강이 난다. 수박을 안고 탄 아저씨가 졸다가 놓쳤는지 '아이쿠!' 하며 쫓아간다. 울 수도 웃을 수도 없는 이 상황에 크게 흔들린 버스 기사도 슬금슬금 눈치를 보며 웃는다.

산길을 내려오니 또 다른 세계와 같은 풍경이 펼쳐진다. 서너 명씩 타고 내리는 사람들의 소리가 마치 외계인들의 말처럼 들리고 무슨 말인지 도무지 알 수가 없고 고막이 터질 것 같은 목소리에 어리둥절한 나를 보고 선호가 말한다.

"명오야! 나도 처음에는 부산 말은 잘 못 알아들었어."라고 한다. 자주 듣다 보니 이젠 정겹고 사람들 사는 맛이 나서 이제는 좋아한단다. 그러다 보니 어느새 용두산 공원에 도착했다. 우리는 조그만 가게에 들러 사이다와 과자를 사서 공원 계단을 오르며 오랜만에 활짝 웃었다.

그 와중에도 나는 선호 몰래 계단 아래를 바라보다가 '정원 레스토랑'이란 간판을 보고 '저곳이구나' 하며, 속으로만 생각하며 올랐다. 그때는 그렇게만 궁금할 뿐 고아원 아이들 때문에 다른 생각은 별로 하지 않았다. 그건 그때 생각일 뿐이었다.

선호와 나는 큰 나무 그늘 아래 오랜만에 누워서 말없이 하늘만 올려다봤다. 서로의 얼굴에는 근심이 가득하지만 오늘만큼은 그늘진 마음을 저 하늘에 날려 버리려 할 것이다.

나는 서울 우리 집 걱정이 슬슬 나기 시작한다.

'우리 부모님은 나를 얼마나 원망을 하실까?' 하는 생각에 마음이 조여 온다. 몰래 가져온 돈에 내 앞길 찾아서 떠나온 내가 한 치 앞도 모를 이곳에 있으니 나 자신도 모르는 내가 이젠 답답한 마음뿐이다. 아직 선호한테도 말 안한 것도 있었다. 녀석도 내게 말 못 할 걱정이 있는 듯 파란 하늘에 긴 한숨만 쉰다.

한동안 각자의 걱정만 하다가 잠이 들었는지 개 짖는 소리에 깜짝 놀라 돌아보니 선호도 놀란 얼굴로 돌아본다. 틈만 나면 잠이 오는 건 그도 그럴 수밖에 없다. 고아원에서는 아이들 우는 소리 어쩌다 싸우는 소리 음악 숙제한다고 하모니카에 싹싹이 시는 소리 붕붕 정신없이 아우를 모내니 낮잠 한면 제대로 잘 수가 없었던 것이다. 이렇게 한적한 공원에서 매미 우는 소리가 자장가처럼 들리니 잠이 안 들면 그게 더 이상 했었나 보다.

우리는 형제도 아닌 친구 사이지만 사실은 피를 나눈 형제보다 더 친한 사이였다. 이제 녀석의 고민이 무엇인지는 대충알 것도 같은데 물어볼 수가 없었지만 나는 자세히 알아보기위해서 물어보기로 했다.

"선호야. 요즘 들어서 더욱 너의 한숨 소리가 유난히 큰 걸보니 너 나한테 말 못 할 걱정이 있는 것 같은데, 오늘 아무도없는 여기에서 너와 내가 가지고 있는 고민을 하나씩 털어내보자."라는 그 말에 힘들게 이야기를 꺼낸다.

사실은 요사이 잠을 제대로 잘 수가 없었단다. 아버지와 어머님 모르게 진희와 정수가 맘 편한 데서 아기를 낳을 수 있도록 도와줄 수가 없어서 걱정이란다. 고아원에서는 시끄럽고소문이 나면 문제가 될 수 있어서 그게 걱정이고 그리고 사실은 어제 정수가 진희 몰래 구두닦이를 하다가 다른 아이들한테 맞아서 지금 병원에 있다고 한다. 선호는 어젯밤에 연락을받고 알고 있었는데 진희한테는 말을 할 수가 없었단다.

아이가 태어나면 나가서 빨리 돈을 벌어 고아원도 돕고 싶다는 말을 여러 번 함께 했었다고 한다. 마음이 착한 정수가 그런말을 할 때마다 가슴이 아팠었다고 한다. 내가 알면 나까지 걱정을 할까 봐 말을 안 했었다고 한다. 그러면 어떻게 하면 좋을까 물어보니 애들이 나가서 아이를 낳을 수 있으려면 방도구해야 하는데 최소한 10만 원은 있어야 월세방에서라도 함께살고 싶다고 하는데 마음이 얼마나 아플지 가슴이 먹먹하다.

10만 원이면 그 당시 작은 돈은 아니지만 아기가 태어나면

28

옷과 여러 가지가 들어가서 그 정도는 있어야 하는데 선호는 가진 게 2만 5천 원뿐이라 어찌할 수가 없다고 한다. 나는 그때서야 선호의 깊은 속마음을 알았다. 원래도 착한데 그런 마음까지 있는 줄은 몰랐었다. 나도 그때서야 내 속 마음을 꺼냈다.

사실 여기에 내려올 때 고아원이라 아버님한테 드리려고 내가 모아둔 돈 조금 가져왔었는데 상황이 괜찮은 것 같아 말 못했고 나 역시 이곳에서 무엇이라도 해보고 싶어서 왔지만, 아직 어떻게 할지 몰라 망설이고 있었다고 말을 했다.

"선호야, 그래서 말인데 내가 조금 도와주면 정수와 진희가 방을 얻을 수 있고 그들이 다음에 고아원을 도우면 되지 않을까?"라는 말에 녀석은 깜짝 놀라서 뒤로 벌러덩 누우며,

"하늘이 무너져도 솟아날 구멍은 있구나!" 하면서 일어나더니,

"그렇게 할 수 있겠냐며, 그들도 너의 마음을 알아줄 거야." 하면서 나를 와락 끌어안는다.

그렇게 해서 선호가 2만 원을 내가 8만 원을 보태서 주기로 하고 정수가 있는 병원으로 이 기쁜 소식을 알려 주려고 우리는 서둘러서 용두산 공원을 내려왔다.

나는 내려오면서도 그녀가 있는 곳을 바라보기만 하면서 그곳을 떠나왔다.

병원에 도착해서 정수가 있는 병실을 들여다보니 혼자서 울고 있다. 그런 정수를 보니 마음이 아프고 저려왔다. 정수가 나를 보고 깜짝 놀라서 그런 모습을 보여서인지 어쩔 줄을 몰라 한다. 선호는 천천히 조금 전 나와의 이야기를 꺼냈다. 나는 진심으로 흘러내리는 정수의 눈물을 보았다.

그는 비록 나이는 어리지만 진심으로 사랑하는 사람을 위해서 마음으로 흘릴 수 있을 거라고 생각을 하니 나도 얼른 사랑하는 사람이 생겼으면 좋겠다는 생각이 들었다.

정수는 선호보다는 나에게 큰 약속을 하는 듯한 눈망울을 깜박거리며

"지금은 마음으로만 전하지만, 갈비 형! 언젠가는 꼭 갚아드릴게요."라는 말에 나는 웃으며,

"나한테 할 필요 없어. 정수가 생각하는 고아원에 할 수 있을 때까지 도우면 나는 그걸로 만족할 수 있으니, 정수가 꼭 그렇게 해주길 바랄 뿐이야!"라는 내 말에 나 자신이 꽤나 의젓함에 나도 조금은 놀랐다.

정수는 아픈 곳도 있었지만 병원을 나가야겠다며 의사 선생님을 만나러 갔다. 아마도 이 소식을 진희한테 빨리 알려주고 싶었던 모양이다.

선호와 나는 정수를 부축하며 버스를 타고 가는 산마루에는 석양이 노을 지는 언덕길을 향해 조금 전에는 울기도 했고 지금은 웃기도 하며 노을이 불타는 산 언덕길을 버스도 힘차게 오르고 있다. 나는 속으로 이곳에 잘 왔다는 생각과 함께 오늘

은 아쉽기는 하지만 용두산 공원 아래에 있는 그녀를 생각하며 용두산 엘레지를 부르고 있었다.

그렇게 그날 밤은 우리의 우정도 다지고 밤하늘 별처럼 반짝이고 달님도 우리를 축복하는 듯하다.

7월에 들어서니 날씨가 꽤나 무더운 날들 속에 오늘은 여름비가 아침부터 내린다. 갑자기 바닷가를 가보고 싶어진다. 여기에 와서 바라만 보았지 직접 가보지는 못했다.

이제 어느 정도는 이곳 생활이 익숙해지니 허한 감정이 오늘따라 빗소리와 함께 외로움이 밀려온다. 오늘따라 선호도 고아원일로 시내에 나가고 없다. 아이들 몇이 비 오는 마당을 뛰어다니며 놀고 있다.

나는 말없이 나와서 버스를 타고 내려와 해운대 가는 버스에 몸을 싣고 창밖을 보니 비가 와서 차창에 어리는 내 뿌연 모습이 어쩌면 나와는 다른 사람이 앉아 있는 듯하다. 여기 와서 머리 한번 못 깎고 장발이 되어있는 모습에 남인 것 같은 모습을 바라본다.

'휴~' 하며 창문에 서린 습기에 어린 내 모습을 닦아낸다.

용산역에서부터의 일늘이 수마능저럼 창밖을 스치고 스쳐지나는 전봇대 숫자만큼 많은 생각들이 내 머리를 빠져나갈 때쯤 종점인 해운대가 보인다. 말로만 듣던 해운대다.

비가 와서인지 생각보다 바닷가에는 사람들이 많지가 않다. 바닷물에도 얼마 되지 않는 사람들이 있는데 저쪽 모래사장

I. 암울한 시절

끝나는 쪽에는 꽤나 많은 사람들이 모여 있다. 궁금해서 다가 가니 영화 촬영을 하고 있었다. 기웃거리며 인파 속으로 들어 가니 낯익은 얼굴이 보인다. 당대 최고의 미남 스타였던 배우 와 당대 최고의 미녀 스타가 영화를 찍고 있었다. 실제로 가까 이에서 보니 잘 생기고 예쁜 여배우를 가까이에서 보니 내가 보아도 정말 멋있게 생겼다. 서울에서는 흔한 촬영이라 자주 보았기에 그다지 신기하게 느껴지지는 않아서 서둘러 그 자리 를 빠져나왔다.

문득 바다가 보고 싶어 찾아온 곳이지만 혼자라는 게 이렇게 쓸쓸하고 외로운 것인지를 모르고 살아온 나에게는 그것조차 충격이었다. 혼자라는 게 문득 겁이 났다. 이렇게 많은 사람들 중에 아는 사람이 없다는 것은 나 홀로 무인도에 남겨진 것 같 은 무서움이 느껴진다. 무작정 그곳을 빠져나와 버스를 탄다. 비는 왜 그리 오는지 파란 비닐우산에 구멍 사이로 빗물이 얼 굴에 튀어 눈물인지 콧물인지 빗물인지 구분이 안 간다. 분명 외롭고 쓸쓸함에 눈물도 섞여 있었다.
무작정 탄 버스에서 누군가 말하는 소리에 귀가 쫑긋하다. 대학생으로 보이는 여학생들이 하는 말이 살짝 들린다. 어제 미팅에서 만난 남학생 하고 용두산 공원에서 데이트했는데 너 무 좋았다는 말에 부러워하는 친구들의 수다들을 듣다가 '아~ 맞다' 용두산 공원 아래 정원 레스토랑에서 언니를 도와준다 는 아가씨가 생각이 났다. 그리고 보니 지난번에도 선호와 같이 왔다가도 그냥 갔었다.

갑자기 그녀가 보고 싶어진다. 꼭 한번 찾아오라고 했던 말이 생각났다. 그래 한번 찾아가 보기로 하고 용두산 공원으로 가는 버스로 갈아타고 무작정 그곳으로 향했다.

막상 마음을 먹고 찾아가려니까 이상하게도 설렘인지 모르지만 가슴이 살짝 뛴다. 안내양이 용두산 내리라는 말에 긴장감을 안고 내렸다. 그곳까지는 조금 더 걸어가야 한다.

막상 내리고 보니 마음뿐이지 그 앞에 서니 어떻게 만날까, 그냥 막 들어갈 수도 없고 2층에 있는데 계단 입구에서부터 양탄자 같은 고급스러운 게 깔려있었다. 서울에서도 그런 곳은 가본 적이 없어서 잠시 망설이다 한 계단씩 조심스럽게 올라가 보니 큰 유리문에 안쪽은 전혀 보이지가 않고 클래식 음악만이 은은하게 흘러나온다. 그러고 보니 이름도 모르고 있다.

'에이, 그냥 갈까' 한 계단 내려오고 아니야 하면서 한 계단 오르기를 몇 번 망설이다 그만 내려오고 말았다. 용기도 안 났지만 유리문에 비춘 내 모습에 나는 실망을 하고 말았다. 비에 젖은 얼굴과 옷, 구멍 난 비닐우산이 갑자기 초라한 느낌이 늘었다.

'그래, 이건 아니야.' 하면서 고아원으로 가기 위해 버스정류장으로 가는데, 어디선가 '저기요, 잠깐만이요.' 하는 소리가 들린다. 뒤돌아보는데 그녀가 우산도 없이 이쪽으로 걸어오고 있다. 갸우뚱하며 바라보더니 '아~ 맞다.' 하면서 반가워한다.

심부름 나왔다가 들어가려는데 왠지 낯설지 않은 사람이 레스토랑에서 손님은 아닌듯한 사람 모습이 하도 이상해서 혹시나 하고 불러 보았다고 한다.

나도 그렇지만 그녀 역시도 나를 따라오다 비를 맞아서인지 얼굴에는 눈물 같은 비가 흘러내린다. 서로가 많이 그리워하다 만난 연인들처럼 그렇게 잠깐을 바라만 보고 서있었다. 나도 수줍게 웃으며 눈인사를 하고 시간 되면 한번 찾아오라고 해서 지나는 길에 생각이 나서 들렀다가 이름도 모르고 해서 그냥 가려 했다고 했다. 그녀 역시 그날 이름도 모르고 그냥 헤어진 게 너무나 아쉬워 이제나저제나 하면서 기다렸다고 하면서 이 아래로 가면 청실이라는 다방이 있는데 거기서 잠깐만 기다리면 들어가서 언니한테 이야기하고 올 테니 잠깐만 기다리라 하고 그녀는 들어갔다.

잠시 기다리면서 가만히 생각해 보니 그녀는 그때와는 달리 얼굴도 하얗고 더 예뻐진 것 같다.

그때는 밤새 열차에 시달려서 인지 자세히 볼 수도 없었지만 그렇게 까지는 예쁘다고는 생각하지는 않았다. 그런데 지금은 완전히 다르게 느껴진다.

반대로 나는 지금 어떠한 가 지금의 내 모습은 완전히 그때와는 다르지 아니한가.

그러나 나 자신은 왠지 모르게 남들이 모르는 떳떳한 마음이 나에게는 있었다. 30분쯤 기다렸을까. 문 쪽을 바라보다 떨어

트린 성냥개비를 주우려고 고개를 숙이다 그녀가 들어오는 걸 못 보았는지 성냥개비를 주워 고개를 탁자에 올리는데 처음 그날 열차에서처럼 그녀가 빙그레 웃고 서있었다. 마치 그날처럼, 그녀는 앉자마자 손을 내밀며

"내 이름은 정은이예요. 손정은이요."라면서 악수를 청한다.

약간은 계면쩍은 얼굴로

"이렇게 다시 만나서 반가워요. 내 이름은 최명오입니다."

하면서 그녀가 내민 손에 악수를 하자, 그녀는 깜짝 놀란 듯

"제 남동생 이름이 손명호에요. 그것조차 인연이네요."라고 한다.

"아! 그래요. 저하고 이름은 비슷하네요."

"바쁜데 제가 괜히 찾아온 것은 아닌가 해서요."

"아니에요 그때 헤어지고 많이 궁금했었는데, 지금 이렇게 다시 만나서 다행이네요. 방금 오늘은 쉰다고 말하고 나왔으니 걱정 마세요. 그런데 시간은 괜찮은지요?"

"아~ 네. 저 역시 답답한 일이 있는데, 마침 부산에는 친구 말고는 아는 사람이 없어서요. 외로웠나 봅니다. 여기까지 염지 불고하고 찾아온 걸 보니까요."

그녀는 그 말에 살짝 붉어지는 얼굴로

"저 혹시 태종대 가보셨어요?"

"아니요. 아까 해운대에 처음 갔다가 오는 길에 정은 씨 생각이 나서 왔던 거예요."

"아~그러면 잘 되었네요. 저도 꼭 가보고 싶은데, 아는 사람도 없고 혼자는 가기가 좀 그랬는데. 이제 명오 씨 만났으니까 다음에는 같이 가요."라며 그녀가 말한다. 우리는 아주 자연스럽게 약속을 하였다.

언제부터였는지 아주 오래전에 사귄 연인들처럼 우리는 다정하게 웃으며 많은 이야기를 했다. 그녀는 내가 생각했던 두 살보다 세 살이나 더 많았다. 그런데도 그녀는 나의 나이는 묻지는 않았다.

그렇게 비가 오는 오후에 달달했던 커피와 그동안에 잊고 있었던 그리움이 녹아내리는 날에 시작된 정은 씨와의 만남은 내 마음속에서 나 홀로 사랑으로 피어나고 있었다.

늦은 밤 아쉬움 가득 안고 돌아서는 데이트 길에는 전파사에서 흘러나오는 어니온스에 노래 편지는 왜 이리 가슴을 파고드는지, 오늘 많은 이야기를 했지만 처음이라 살짝 걸을 때마다 스치는 손 한번 잡아보지 못하고 데이트를 하였다.

헤어져야 할 시간은 왜 이리 빨리 가는지 다음 주에는 태종대에 같이 가기로 약속을 하고 고아원으로 가는 버스를 탔다. 버스 안에서도 온통 오늘 하루를 생각하니 꿈만 같던 시간이었다.

당분간은 나만의 비밀로 하고 내 하나의 사랑으로 간직해야겠다고 마음을 먹었다. 혹시나 나만 그런 생각을 하고 있는지 다음에 만나면 꼭 물어봐야겠다고 생각했다.

버스에서 내리니 선호가 기다리고 있었다.

"갑자기 어디 간다는 말도 없이 나가서, 많이 걱정했는데 무슨 일 있었어?"라고 다급하게 물어본다.

"무슨 일은 네가 나간 뒤로 비가 오니까 왠지 쓸쓸하고, 외롭다는 생각이 들어서 바닷가에 바람 쐬러 구경하러 갔었어. 여기저기 구경 하느라고 시간 가는 줄도 모르고 다니다가 배도 고프고 빨리 온다고 한 게 늦었네. 연락도 없이 늦어서 미안해. 걱정 시켰네."

선호한테는 그녀와의 만남을 비밀로 하였다.

녀석도 고아원에 박혀서 여자 친구 하나 없이 살고 있는데 말하기가 조금은 미안해서 당분간은 나만의 비밀의 방에 숨겨 놓았다.

그날도 고아원에서는 작은 일들이 생겼었다고 한다.

아이 둘이 말없이 고아원을 나간 모양이다. 자세히는 모르지만 종종 그런 일들이 있다고는 한다.

15세쯤 되면 사회를 동경하는 마음과 스스로 독립을 하고 싶어 한다고 한다. 나는 그때쯤이면 그런 생각들을 할 수 있으리라 생각을 하면서도 살짝 걱정이 든다. 선호도 달리 방법이 없어서 그냥 기다리는 수밖에 없다고 한다. 나가서 뜻대로 안 되면 다시 돌아올 수 있다는 말에 나는 더 이상 신경을 안 쓰기로 하고 오늘 하루를 꿈길에서라도 그녀와 다시 만나기를 기원하며 잠을 청해본다.

참으로 알 수 없는 게 사람의 마음인가 보다.

하루하루가 지나 몇 달이 지나가고 게으른 햇살이 10시를 넘어와 기웃 거리니 문득 집 생각에 마음이 저려온다. 그동안 잠시 잊고 있었던 집 생각에 서울 하늘 쪽을 올려다보니 아버지와 어머니 얼굴이 떠오른다.

'얼마나 원망을 하실까' 하는 생각을 하니 마음이 아려온다.

이곳 생활이 내 눈에는 절박한 상황에 내 생각하고 살 겨를이 없었던 것 같다. 지금에 와서 생각을 해보니 처음 내가 느꼈던 아이들과 지금의 아이들은 크게 바뀐 건 없는 것 같은데, 그저 나만 안쓰러워했던 것 같다.

그래도 마음을 나눌 수 있었던 아이들이 조금은 밝은 표정으로 살아가려고 하는 모습에 나는 조금은 마음이 놓인다.

이제 무언가를 해보려 했던 일을 이제 시작해도 될 것 같았다.

마침 선호는 아침 일찍 어머니를 따라 시장에 갔다가 들어왔다. 그래서 나는 선호에게 무언가 일을 해보고 싶은데 너 하는 일 같이하면 안 되냐고 물어보았다.

선호는 머뭇거리며 사실은 외국 구호 단체에서 들어오는 구호물자가 있는데, 아이들 옷가지와 여러 가지를 고아원 재정상 1 박스씩 팔아서 고아원 운영에 보태고 있다고 한다. 그 일로 가끔씩 선호는 시내에 나갔던 거란다.

따지고 보면 그 일도 불법이라서 아무도 모르게 혼자 했다고 한다. 내가 같이 하다 잘못되면 안 될까 봐 말을 안 했었다고 한다.

가만히 생각을 해보니, 녀석은 내가 알까 봐 노심초사했었던 것 같다.

"아~그래. 많은 아이들과 살려면 어쩔 수 없었겠지. 그런데 정부에서 보조해 주는 것도 있을 것 아니야?"

"아~ 그런데 그건 아버님과 어머님이 하시는 일이라 나는 얼마나 보조금을 받는지는 잘 모르겠어!"

"그러면 너도 조심해."라며, 나는 그렇게 걱정을 하면서도 방으로 들어와 담배 한 모금에 긴 한숨을 내뿜는다.

그런데 문득 떠오르는 게 있다. 선호한테는 누나가 두 명이나 있다. 누나들은 서울에서 살고 있는데 큰 누나는 시집을 갔고 둘째 누나는 대학원을 다니고 있었다. 가끔씩 한 달에 한두 번은 내려오는데 올 때마다 비싼 옷과 신발 등을 신고 오고 갈 때는 두 손에 넘쳐 나도록 들고 가는 걸 여러 번 본 적이 있었다.

고아원에서 아이들과 힘들게 생활하는 동생은 본척만척하면서도 손가락 하나 까딱 안 하고 놀다가는 누님들이 이상하다는 생각도 할 때도 있었다. 물론 서울에서 아래윗집에 살았기에 조금은 알고 있었지만 여기에 실정을 소금은 알게 되니까 두 누님들이 더욱 이상하게 느껴진다.

고아원 앞에는 작은 구멍가게가 있었다.

어느 날 가게 앞 작은 평상에 잠시 앉아있었는데 동네 어른

I. 암울한 시절

들의 이야기를 우연히 들은 적이 있었다. 선호네 작은아버지가 고아원을 운영하다 미국으로 이민을 갈 때 큰돈을 챙겨 가셨다는 말을 여러 번 들은 적도 있었다.

당시에는 다들 어려울 때라지만 꽁보리밥에 콩나물국이 일주일째 나올 적도 있고 간장에 비벼 먹을 때도 많았다고들 하신다. 지금은 그때와는 많이 다르지만 나는 지금의 선호의 부모님은 설마 그러시지는 않겠지 하면서도 두 누님들을 생각하면 자꾸만 의심이 든다.

며칠 전 누님들과 아버님 이야기를 우연히 들었는데 작은 누님은 학비며 하숙비 옷값 이야기를 하자 옷은 있는 옷 입으시라는 언쟁이 있었고,

큰 누님한테는 "여기 아이들 명절에 옷 사 입히라고 들어온 후원금이다."라는 말과 함께 봉투를 건네주시면서 이번 사업자금이 마지막으로 주는 거라는 말을 들은 적이 있다.

그렇게 하나하나 짚어보니 더 많은 생각이 떠오른다.

어머님은 서울에 계실 때도 동네 아주머니들과 화투치는 모습도 여러 번 본 적도 있었는데 아마도 자주 나가시는 걸 보니 여기서도 그러는 것 같다. 거의 식당에는 계시지도 않고 가끔씩 얼굴만 보이셨으니 말이다. 고아원 식당에는 조금 큰 아이들과 소아마비로 다리를 약간 저시는 아주머니 한 분이 도맡아 하신다.

선호는 하루 종일 아이들과 지내느라 아무것도 모르고 있는 것 같다.

얼마만큼 시간이 흘렀는지는 모르지만? 갑자기 뜨거운 열기에

'앗~뜨거워.' 깜짝 놀라 후다닥 일어나 앉았다.

주마등처럼 스치는 생각에 담배 한 개비가 다 타서 손가락이 뜨거웠다.

처음 여기에 와서는 아이들이 안쓰러워서 함께 지냈고 아이들 안타까움에 도와주었지만 선호의 부모님 두 분들은 다른 일에 바쁜데,

'아~ 나만 괜한 생각을 했었나.'하는 자괴감이 들었다.

그런 생각을 하니 정신이 혼몽해지고 갑자기 서울 우리 부모님을 생각하니 팔 다리에 힘이 쫙 빠져나가고 모든 게 허탈해져온다.

다음날 나는 선호한테 잠깐 나갔다 온다고 하고 용두산 공원으로 가는 버스를 탔다. 갑자기 정은 씨가 생각이 나서였다. 이번 주에 만나기로 했는데 그날이 내일인데 그때까지 기다릴 수가 없었다.

차창 밖으로 보이는 사람들의 모습은 어찌나 한가롭게 느껴지는지. 모두가 행복한 얼굴들인데 어써나 내 모습은 씨느러진 막걸리 주전자처럼 일그러져 있는 것일까, 한때 나도 잘나지는 않았지만 꿈도 있었고 누군가와는 다르다는 것을 보여주기 위해 떠나왔던 내가 아무것도 아닌 나를 돌아보게 될 줄이야.

I. 암울한 시절

다들 그렇게들 살아가는데 나는 친구가 보고 싶다고 고아원 아이들의 일상을 적은 편지 한 장에 내가 아니면 안 된다는 생각으로 완행열차에 몸을 싣고 달려왔던 생각들이 주마등처럼 지날 때 안내양의 목소리가 들려온다.

"용두산 공원. 내리실 분 안 계시면, 오~라이." 하는 소리에 "잠깐만요. 내려요." 하며 허둥지둥 내렸다.

공원 하늘 한번 쳐다보고 그녀가 있는 정원 레스토랑 앞에서 잠시 서성이다 용기를 내서 문을 살짝 열고 들어갔다.

하얀 와이셔츠에 나비넥타이를 맨 웨이터가

"어서 오이소." 하다가 갑자기 아래위를 흘겨본다.

"안녕하세요. 혹시 여기에서 일하는 손정은 씨를 만나러 왔는데요." 라고 묻자 말도 끝나기도 전에 지금은 없다고 한다.

"어디 가셨나요?"

"예."

서울에 볼일 보러 갔는데 며칠 걸릴 거란다.

"아, 네. 잘 알겠습니다. 고맙습니다."

인사를 하고 그곳을 나왔다.

며칠이 걸린다면 만나기로 한 날이 바로 내일인데 못 나올 수도 있겠구나 생각이 들었다. 하지만 내일은 약속했던 다방으로 가봐야겠다며 기왕에 왔으니 공원에서 잠시 쉬어가려고 계단을 올랐다.

한 계절의 끝자락 무더운 날씨에 칠성 사이다 한 병을 다 마시고 나서야 고아원으로 향했다.

그렇게 그날은 아무 일도 없었던 것처럼 잠이 들었다.

다음날도 선호한테는

"잠깐 나갔다 올게." 하니 녀석은

"어디 가? 같이 갈까" 한다.

"아니. 나 좀 알아볼 게 있어서 그래. 걱정 안 해도 돼!"라고 말하고는 혹시나 하는 마음에 10시에 만나기로 한 청실 다방으로 서둘러 갔다.

시내 다방이라 그런지 여기저기 이른 시간인데도 여럿이 앉아 있었다.

내가 좋아하는 팝송이 흘러나오는데도 귀에는 하나도 안 들리고 눈은 온통 문 쪽으로만 쏠려있고 어느새 기다린 시간이 30분이 지나고 있었다. 꼬물거리는 손가락에는 담뱃재만 떨어지고 1시간이 지나니 재떨이에는 담배꽁초만 쌓여간다. 다방 레지는 차라도 한잔 시키고 기다리라고 하지만 나는 들은 척도 안 하고 금방 오면 같이 시킨다고만 말한다. 그 시절에는 몇 시간씩 기다리다 안 오면 그냥 가는 사람들도 꽤나 있었다.

그렇게 기다린 지 두 시간이 지나 미안한 마음에 커피 한 잔을 시켜 마신 지도 벌써 50분이 지나고 있다.

'무슨 일일까?' 걱정스런 마음으로 조금 더 기다리다 메모지에

"정은 씨, 기다리다가 갑니다. 무슨 일인지는 잘 모르지만 큰일이 아니길 바라며, 저도 이제 서울로 올라가야 합니다. 언제고 꼭 한 번 찾아오겠습니다."라고 써서 메모지란에 부쳐놓

고 그곳을 나왔다.

그렇게 몇 시간을 기다리다 나오니 배가 고팠다. 오랜만에 혼자서 중국집에 들어가 짜장면 한 그릇을 비우고 고아원으로 돌아왔다.

이제는 진짜 떠나야겠다.

정은 씨를 만나서 앞으로 어떻게 할까 의논도 하고 싶었는데 그것도 안 되고, 고아원도 내가 생각한 데로 걱정만 한다고 되는 것도 아니었다. 막상 떠나려고 마음을 먹으니 하루도 더이상 있기가 싫어졌다.

그날 저녁, 친구인 선호한테도 이제 서울에 올라가서 다른 일을 해야겠다고 말을 했다.

어쨌든 내가 좋아서 친구를 만나러 왔고 고아원에 와서 조그마한 도움이라도 주었으니 다행이라고 마음을 먹으니 한결 마음이 가벼워지는 느낌이다.

그래도 떠나기 전에 진희와 정수한테는 말을 하고 가야겠다는 생각에 조용히 그들을 불러내었다.

"이제 서울에서 일하게 되어서 올라간다. 잘되면 부를 테니까, 아이 낳고 잘 살고 있어."라고 하니 정수와 진희는 울먹이며 안 가면 안 되냐며 훌쩍거린다. 그 둘은 나를 많이 의지하였던 모양이다. 선호도 옆에서 글썽이며 그동안에 참 많이 고마웠다고 한다. 선호도 아직은 부모님이 하시는 일에 어쩔 수가 없어 아이들만 생각하면서 산다고 진심으로 미안하고 고마웠다며 참고 있던 눈물을 쏟아낸다. 그날 밤 아무도 모르게 과

자와 음료를 사 온 정수와 진희랑 우리 넷은 그렇게 나의 송별식을 하였다.

그리고 정수는

"지금은 어쩔 수가 없지만, 꼭 좋은데 취직을 해서 갈비 형이 도와준 돈 갚을게요." 한다.

나는 정수가 하는 말에 내가 여기에 와서 결코 헛된 일만 하고 가는 건 아니구나 하는 생각에 정수의 말에 큰 위로가 되었다.

마음 한구석으로는 뿌듯함을 느끼면서도

"그래. 나도 너희가 잘 살기를 바랄게. 다음에 만날 때는 배부르게 맛있는 것도 사 먹자."라는 말에 배고픔에 설움이 복받쳐 있던 아이들이라 눈물을 흘린다.

그렇게 밤이 지나 새벽에야 잠이 들었다. 원래는 일찍 떠나려 했으나 밤새 이야기하느라 늦잠을 자고 말았다. 눈을 떠보니 아침 10시가 넘었다. 일어나서 아버님께 인사를 드리고 나왔다. 역시나 어머님은 바쁘게 동네 화투판에 가신 것 같다.

고아원에 남아 있는 아이들한테도 작별 인사를 하니 처음 내가 여기로 내려왔을 때 전봇대 뒤에 숨어서 보던 아이와 수줍게 웃던 짐눈이와 삑삑이 너석이 오너니 이제는 바지자락을 붙잡고 울먹인다. 간신히 달래 주고 보니 어느새 12시가 다가온다. 짐이라고는 달랑 가방 하나가 전부인지라 헤어짐도 간단하다. 선호가 따라온다는 걸 말리고 버스를 탔다.

2. 원점으로 돌아온 길

"아, 이제 또다시 혼자다. 어디로 가야 하나, 어디로 갈까?"

올 때는 기차 타고 왔으니 갈 때는 버스로 가고 싶어 무작정 버스 터미널로 갔다. 아침 겸 우동 한 그릇을 먹고 서울행 버스를 타고 깊은 잠이 들었다.

몇 시간을 잤는지 어느새 서울이다. 집으로 가야 하는데 죄지은 게 있어서 망설여지고 안 들어가자니 막상 갈 곳이 없다.

아버지가 크게 노하실까 봐 늦게까지 동네에 숨어 있다가 동생이 나오기만 기다렸다. 그날따라 동생들은 일찍 자는지 나오질 않고 어머니만 잠깐 밖을 두리번거리다 들어가신다. 순간 눈물이 핑 돈다. 몇 달 사이인데도 많이 야위어 보인다. 나 때문에 얼마나 아버지한테 눈치를 받았을까 하는 생각에 더욱 죄송한 마음이 든다.

얼마나 시간이 흘렀을까 조용한 틈을 타서 살금살금 대문을 열고 들어가 밖에 있는 화장실로 들어가 앉았다. 지독한 똥 냄새에 코를 막고 방에 불이 꺼지길 기다리는데 헛기침과 함께 누군가 오는 소리가 들린다.

문고리가 없었기에 헛기침도 못하고 있다가 노크도 없이 활짝 열은 아버지의 눈이 마주쳤다. 아버지도 놀라시고 나도 그 자리에서 뒤로 넘어질 뻔 했다가 결국은 끌려들어가니 어머니도 기절하실 뻔했다.

그동안 옷에 배인 똥 냄새 때문에 코를 막고 어떻게 된 것인지 아버지를 바라보신다. 아버지 역시 할 말을 잊으시고 쳐다만 보시기에 나는 잽싸게 무릎을 꿇고 잘못했다고 빌었다. 그런데 의외로 혼내시기보다 어디에서 무엇을 하고 다녔는지를 물어보신다.

나는 고개를 푹 숙인 채로 그동안에 있었던 일에 대해 말씀을 드리고 남은 돈을 내려놓았다. 아버지는 돈은 쳐다도 안 보시고

"몸은 어디 다친데 없냐!"고 물으시는데 코끝이 찡해온다. 내 모습이 얼마나 야위고 몰골이 말이 아니었으면 호랑이 같으신 아버지께서 혼내시는 것도 잊어버리고 그렇게 물어 보실까.

"안 아프면 됐다. 얼른 씻고 자라."면서 어머니한테 밥이나 차려 주라고 하신다.

오랜만에 집에서 어머니가 차려주는 밥을 먹을 생각에 어머

니한테도 잘못했다고 말씀드리니 다친데 없이 들어왔으니 오히려 안심하는 얼굴이다.

오랜만에 씻으니 얼마나 개운한지 날아갈 것 같았다. 사실은 집에 오기 전에 얼마나 걱정을 많이 했는지 얼굴 미간이 펴지질 않았다. 억지로 웃어 보려고 거울 앞에서 입도 쩍쩍 벌려도 보고 했는데도 쉽게 풀리질 않았다. 이제 조금은 안정이 되었는지 마음도 차분해지는 것 같다.

씻고 나오니 어머니가 벌써 밥을 차려 놓으셨다. 비계가 절반이 넘는 돼지고기에 깍두기 모양의 두부에 고추장을 넣은 국을 제일 좋아했다.

'아~ 얼마 만에 보는 국인가.' 하면서 한 숟가락 떠서 먹어보는데 입이 닫혀 지지가 않는다.

'햐~' 한 그릇 뚝딱 먹고 밥 좀 더 달라고 하자 어머니는 뭘 ~ 그리 잘했다고 밥을 더 달래냐고 그제서야 눈을 흘기신다. 그러시면서 선호 아버님과 어머님은 잘 계시냐고 안부를 물어보신다.

"예. 잘 계시고 안부도 드려 달라고 했다."고 말씀을 드렸다.

"그래. 이제는 얼른 들어가 자라."고 하신다.

나는 그때만 해도 동생들과 따로 아래층에서 지내고 있었다. 오랜만에 내 방에 들어서니 난쟁이였다. 동생들이 가끔씩 내려와서 놀았는가 보다.

'아마도 내 생각이 났었겠지?'

창문을 열어보니 이 밤 달빛은 어찌 그리도 밝은지 불을 켜지 않아도 환하다. 담배 하나 물고 연기와 함께 긴 한숨을 내뿜었다. 나는 그동안 무얼 했든 나에게는 잊지 못할 경험이었고 나에게는 또 다를 삶을 다르게 살아가는 이들이 있었음을 느끼는 소중한 경험이었으니 이 또한 내가 열심히 살아가야 할 목표가 생긴 것이라고 생각했다.

그렇게 그날이 지나고 단풍이 물들기 시작할 무렵 아버지가 부르신다. 내가 앞으로 무얼 하려는지 계획은 하고 있냐고 물으신다. 이렇게 매일 허송세월만 보낼 거냐고 묻자 이때다 싶어 하고 싶은 게 있기는 한데 자본이 없어서 손도 못 댄다고 말씀을 드렸다. 아버지께서는 그 일이 무엇이냐고 물으신다.

갑자기 물어보셔서 얼떨결에 선호가 구호물자를 받아서 파는 사람들이 돈을 번다는 소리를 들은 적이 있어서 자세히 설명을 드렸더니 그러면 아래층 전세 받은 돈 100만 원을 줄 테니 자세히 알아보고 이야기하라고 하시며 나가신다. 저번 일로 내가 또다시 나갈까 봐 그러시는 것 같다.

아버지는 원래 말이 없으신 편이다. 함경도가 고향이신데 피란 나오셔서 힘들게 사셨던 데다 자식이 힘들어하는 모습은 보기가 안타까우셨던 같다.

나는 그날부터 많은 생각을 하였다. 구호물자는 거짓으로 한 말이라 할 수가 없고 무엇을 할까 생각하는 중에 동네 친구인 현수가 찾아왔다. 내 동생한테 내가 왔다는 소리를 들어서 찾아온 것이란다. 현수 역시 크게 이렇다 할 일 없이 가끔씩 나를 따라다녔었다.

나는 동네 놈들과는 틀리다는 생각으로 떠났었는데 다시 만나니 참 나 자신이 한심한 생각이 들어 친구들 근황만 물어보고 약속이 있다고 하며 밖으로 나왔다. 녀석을 떼어놓고 보니 하루빨리 이곳을 떠야겠다는 생각뿐이다.

내가 왔다는 소문을 들으면 친구들이 제집 드나들 듯이 올게 뻔하다. 예전에도 그랬으니까 친구들은 우리 부모님한테는 점수를 많이 땄는지 우리 부모님은 그놈들이 놀러 오는 걸 좋아하셨다.

오랜만에 명동엘 나갔다. 중앙극장 뒷길 튀김 골목을 지나는데 여기저기에서 "야~ 명 갈비. 너 어디 갔다 이제 왔니? 혹시 감방에 갔다 온 것 아니냐?"며 많이들 궁금해 한다.

한때는 장충단 공원에서부터 명동을 거쳐 종로까지가 나의 구역이었다. 그때는 참 많은 친구들과 놀던 곳이었었다.

아, 그렇다고 무시무시한 깡패가 아니고 그때는 친구들과 나이트클럽에 다니고 여자애들과 미팅도 하며 놀던 날라리 짓하고 다녔던 때였다.

많은 친구들 중에서도 174㎝인 내가 제일 작은 키였다. 성훈이가 192㎝, 선필이 188㎝ 영환이가 183㎝ 진철이도

178㎝이고 나와 매일 서로 내가 크다고 도토리 키 재기하던 174.8㎝인 인성이, 이름도 가물가물하던 친구들 중에 영등포구 양평동에서 아버지가 두부공장을 하는 친구인 영춘이를 명동에서 오랜만에 만났다.

녀석도 누나를 따라서 미국으로 들어갔다는 소식을 들었었기에 더욱 반가웠다. 녀석하고는 몇 년 만이었다. 영춘이도 오랜만에 친구가 그리워 명동을 나왔단다. 반가움에 을지로 명동 입구 2층에 있는 카이저 호프 생맥주 집으로 올라갔다. 우리는 원래 퇴계로 입구 늘봄 다방이 아지트였는데 서로 오랜만인지라 원래 명동은 거기에서 거기지만 다른 친구들을 피해 이곳으로 왔다.

"야, 영춘아. 너 미국 갔다 언제 온 거야?"
"나 3년 전에 누나 따라갔다가, 누나가 이혼하는 바람에 같이 나왔어."
영춘이 매형이 평화 시장에서 옷 가게를 크게 해서 꽤나 큰돈을 벌어서 이민을 갔는데 매형이 바람을 피워서 이혼하는 바람에 들어왔단다.
"아 그런 일이 있어구나. 너도 많이 힘들었어구나."
"그래. 지금은 어떻게 지내냐?"
"지금은 두부 공장에서 아버지 도와 일도 하고 배달도 조금씩 하고 지내."

"명오야. 근데 너는 요즘 어떻게 지내냐?"

"나도 할 말이 많으니까, 자. 쭉~ 한잔 마시고 이야기하자."

우리는 잔을 부딪치며 목젖이 따가움을 느끼면서 시원하다면서 한 잔을 단숨에 비웠다.

나는 그동안에 부산에서 있었던 일을 이야기했다.

"나도 오늘 처음으로 명동 나왔다가 널 만난 거야. 아무튼 너무 반갑다."

정말 보고 싶었던 친구인데 이렇게 만나서 무척이나 반가웠다.

영춘이는 다시 한번 악수를 하며

"명오야! 너도 맘고생이 심했었구나. 그럼 앞으로 어떻게 할 건데?"라며 물었다.

"아, 나는 아직은 막막한데 천천히 찾아봐야지"

"야 명오야! 그럼 내일 내 동생한테 가는데 나 혼자 가기 심심한데 같이 안 갈래?"라며 묻는다.

"어~그래. 가는 곳이 어딘데?"

"원주 상지대학교야. 아버지가 동생 학비 좀 갖다주라고 하셔서 가야 되는데 같이 가자."

"야~ 잘 됐다. 나도 머리도 좀 식힐 겸 바람이나 쐬러 같이 가자."

*훗날 이 말이 내 인생길에 시작이자 내 영혼이 숨 쉬는 길목에 이 글을 쓸 수 있는 세 딸과 녀석까지 태어날 줄은 꿈엔

들 알았을까*

이쯤에서 차 한 잔을 마시며 먼 산 한번 바라보고 이 이야기
를 이어가려고 합니다.

우리는 그렇게 다음날 고속 터미널에서 만나기로 하고 오랜
만에 당구도 한게임 하고 헤어졌다.

그날 저녁 집으로 돌아와 아버지께 내일은 부산에 한번 다
녀와야겠다고 말하니 아버지께서 돈 봉투를 건네주시며 무엇
을 하든지 한번 해보라시는데 전세 돈 일부라는 것을 잊지 말
라고 신신당부를 하셨다.

아버지는 나를 믿고 말씀하셨지만 그 당시 나는 무엇을 할
지 생각을 정하지 못한 상태였다. 그렇게 내일을 기다리며 마
음을 다져보았다. 꼭 무엇을 하던 잘 된 모습을 보여야겠다고.

3. 새로운 세상을 향한 첫걸음

다음날 아침 오늘은 파란 하늘이 더욱 높게만 느껴지고 창문 밖으로 보이는 남산에도 붉게 물든 가을이 나를 반기는 듯하다.

짙은 그리움의 향기가 시린 계절을 향해 찾아가듯이 나 역시 새로움을 향한 설렘으로 고속 터미널에 도착했다. 아직 영춘이는 안온 것 같다. 사방을 둘러보니 모두가 배낭을 메고 어디를 가는지 참 많은 사람들로 터미널 안은 북적거렸다. 아마 가을 단풍 구경들 가는 모양이다.

나도 한때는 클라이밍을 하며 많은 산을 다닌 적이 있었다. 도봉산 선 인봉 북한산 인수봉 미시령 울산바위와 불암산 육사생도들의 암벽 훈련장 등을 다니다 마지막으로 도봉산 박

쥐 코스에서 암벽을 타다가 8m 슬립을 당해 손톱이 닳아 그만둔 적이 있다. 후로 워킹으로 산을 오르다 산악회를 나온 적이 있다.

등산객들을 보며 회상에 잠겨 있을 때 누군가 어깨를 툭 친다.
"야~ 명오야! 무슨 생각을 하기에 몇 번을 불러도 모르냐?"
"어, 등산가는 사람들 보니 예전 생각이 나서 잠깐."
"맞아, 명오야. 너도 예전에 산에 많이 다녔었지, 빨리 표 끊으러 가자."
차표는 영춘이가 사고 간식은 내가 조금 사서 기다리다 출발을 했다.

도심을 벗어나니 산들이 나를 부르는 듯한데, 차창 밖 풍경은 예나 지금이나 변한 건 하나도 없는데 나만 혼자 오랜 세월을 겪은 것 같은 허한 생각과 미래에 대한 걱정이 앞선다.
'그래~. 오늘이 지나면 무언가를 해야지'라고 결심을 하며 영춘이 몰래 두 주먹을 불끈 쥐어본다.
영춘이도 무슨 생각을 하는지 싶은 생각에 삼긴 듯하다.
놈도 누나가 이혼을 하고 나왔으니 얼마나 마음이 내려앉았을까 하는 생각이 들었다. 그곳에 있었으면 자리도 잡고 했을 텐데 하는 생각을 하니 문득 영춘이는 여자 친구가 있는지 궁금해졌다.

"야, 영춘아." 부르자, 녀석은 나쁜 생각을 하다 들킨 놈처럼 화들짝 놀래서 쳐다본다.

"왜?"

"너 혹시. 나 모르는 애인 있냐?" 녀석은 빙그레 웃으며 "한국 나온 지 얼마 안 되어서 없어, 전에 너도 아는 선미가 있었는데 편지 두 번 오고 소식 끊겼어."라고 한다.

"왜 갑자기 물어보는데?"

"아니. 네가 창밖을 바라보는 모습이 꽤나 외롭고 쓸쓸해 보이기도 하고 해서 갑자기 궁금해서 물어본 거야."

"명오야! 너는?"

"나도 지금은 없어 명동에서 우리들 여자 친구래야 길면 한 달 짧으면 하루 이틀이지. 영춘아, 근데 나 부산에 있을 때 살짝 가슴이 뛴 적이 있었다."

그러면서 정은 씨 이야기를 살짝 했더니, 무슨 영화 같은 이야기 같다며 아쉬워하는데 내 마음도 그때가 생각나서인지 차 창 밖 하늘을 보니 그녀의 얼굴이 떠올라 마음이 아려왔다.

비록 만나지는 못하고 왔지만 그녀도 저 하늘을 보며 '내 생각을 하겠지'라는 생각을 하니 더욱 보고 싶어진다.

여주 휴게소를 지나올 때 40분 정도 남았다고 하는데 초행길이라 그런지 꽤나 먼 듯하다.

강원도라 길이 구불구불할 줄 알았는데 그렇지는 않았다. 다만 가끔 귀가 먹먹한 걸 보니 산이 높긴 높은가 보다. 강원도 사투리는 어떨까 하는 생각과 부산 사투리에 귀가 따가울 정도의 울림이 기억이 나고 서울말에 신기해하던 아이들 말소리가 이제는 정겨움으로 그리워진다.

안전벨트를 빼라는 안내양의 소리에 '이제 곧 도착이다.'라는 생각이 들었다. 생각했던 도시의 모습과는 달리 초라한 터미널에 살짝 놀랬지만 강원도라는 실감이 났다. 영춘이와 나는 곧바로 분식집으로 향했다. 우리는 간단히 김밥 한 줄을 먹고 시내버스를 탔다. 녀석은 몇 번 와서 그런지 이곳 길을 잘 알고 있었다.

"명오야, 오늘 우리 여기서 하루 자고 갈까?
"왜?"
"아까 차 안에서 가만히 생각해 보니 오늘이 내 동생 영훈이 생일이라서 생일 축하라도 해주고 싶어서."
"그래. 영훈이 생일이구나."
나는 영춘이 동생을 한 번도 본 적은 없지만 이야기는 많이 들었다. 동생이 소아마비 장애라서 더욱더 챙긴다는 말을 많이 들어서 알고 있었다.
"그럼 당연히 축하해 줘야지" 하면서
"난 괜찮아!" 하며 우리는 서로 바라보며 웃고 있었다.

시내버스에서 내리자 기다리고 있던 영훈이가 다리를 절면

서

"형." 하고 부르며 다가온다.

"영훈아, 형 친군데 명오야. 나랑 같이 내려왔어."

"아, 형 친구야?" 하면서 빠르게 나를 아래위를 살핀다.

"반갑다. 영훈아, 전부터 네 이야기는 영춘이한테 많이 들었어. 형이 그러는데 꿈이 선생님이라서 열심히 공부한다고!"

"아, 제 꿈은 그런데, 형하고는 많이 친한가 봐요? 형이 그런 말까지 한 걸 보면..."

장애를 갖지 않은 사람처럼 해맑은 얼굴로 웃으며 말을 하는 영훈이가 영춘이 보다는 왠지 더 친근감이 생기는 이유는 뭘까? 나 혼자 생각을 해본다.

우리는 그곳을 지나서, 이른 저녁을 뭘 먹을까 하는 영훈이의 말에

"영훈아, 어제 명오 만나서 한잔 했는데 오늘은 해장이나 하러 가자. 아침도 너한테 오느라고 대충 때웠더니 살짝 속이 쓰리기도 하네."

"형도 어제 한잔했구나. 나도 어제, 과 친구들과 한잔했는데 잘 됐다! 명오 형만 괜찮으면 내가 자주 가는 단골집이 있는데 거기로 가면 안 될까?"

"아, 나야 땡큐지." 나 역시 어젯밤에 여기 오려고 잠을 설치고 속까지 쓰렸는데, '콜'

그러자 영훈이 앞장서서 다리가 불편 한데도 신이 나서 빠르

게 절뚝거리며 걸어간다. 이곳에서는 그리 멀지 않은 곳에 상지대학이 있고 찾아가는 곳도 대학교 부근이었다.

찾아간 그곳은 간판부터가 예사롭지가 않았다.
참숯으로 이어 만든 [그냥 갈 수는 없잖아] 지하로 내려가야 하는 포장마차 같은 주점이었다. 문을 열고 들어가니 이런 곳은 나는 처음이다.
서울에 있는 명동과 종로와는 달리 실내가 조선시대 주막처럼 표주박도 주렁주렁 달리고 초가지붕에 주막 호롱불도 그 시대에 쓰이던 오래된 물건들에 깜짝 놀랐다. 어리둥절 신기해하며 두리번거리다가
"형 여기로 앉자."는 영훈이의 말에 정신을 차려보니 어느 시대 과거 속을 헤매이다 탈출한 것 같았다.
"형, 나도 여기 몇 번 왔었는데, 여기는 파전 맛이 완전 달라. 가격은 학생들이 먹기에 조금 부담스러워서 잘 안 와. 오늘은 특별히 형들이 와서 여기로 온 거야. 명오 형은 어때?"
어느새 영훈이도 나한테 형이라 한다.
"어~나도 이런데 처음이야. 근데 여기는 동동주와 막걸리뿐이네 맥주는 없어? 냉오 형, 여기는 수박이라 메뉴에는 없지만 부탁하면 주기도 해. 근데 여기 동동주 맛이 너무 좋아서 그거 한번 마셔봐."
"그래, 그럼. 그걸로 한번 먹어보자."
'과연 파전에 동동주 맛은 어떨까' 하면서 기다린다. 나는 막

걸리와 동동주를 별로 좋아하지는 않아서 걱정이 들긴 하지만 그 맛을 기대하며 우리는 모처럼 크게 웃어본다.

이른 시간이라서 그런지 우리뿐이었다.

"영훈아, 학교 앞인데. 왜 이렇게 가게가 한산하냐?"

"어~형. 여기는 2차 코스라 시간이 되면 앉을 자리가 없을 정도야."

"아~ 근데 조금 있으면 누가 올 건데 같이 마시자." 영춘이 형이 온다니까

만나러 온다는 사람이란다. 누군지는 말을 자세히 안 하고 형들보다 5살은 많을 거란다. 같이 하숙을 하는 룸메이트란다.

드디어 술과 안주가 나오는데 나와 영춘이는 깜짝 놀라서 입을 다물 수가 없었다. 파전 크기에 놀라고 술잔에 또 한 번 놀랐다. 꽤나 무거운 항아리 뚜껑이 동동주잔이었다.

'와~' 처음 본 비주얼에 영춘이와 나는 말도 못 하고 바라만 보는데

"형도 한잔 받아." 하며 따라준다.

항아리 뚜껑으로 마셔보기는 처음인지라 살짝 거부감도 있었지만 새로운 경험이라 생각하며 건배를 하며 한 사발이 아닌 한 뚜껑을 마시니, 달짝지근한 맛에 '햐~' 소리가 절로 나오고 맥주처럼 톡 쏘는 맛은 없지만 달달한 맛에 목 넘김이 부드럽다.

예전에 어쩌다 마신 동동주는 이런 맛이 아니었는데 여기 이 맛은 완전 새로운 맛이었다. 한 뚝배기가 끝날 무렵

"영훈아." 부르며 오는 사람이 있다.

"아~ 형님 여기예요." 하는데 보통 사이가 아닌 것 같다. 오히려 친형인 영춘이보다 더 살갑게 맞이한다.

"내가 조금 늦었지." 하면서 조금은 의아한 눈빛이다.

영춘이 말고 내가 있으니 이상한가 보다. 우리 형하고 제일 친한 형이라 같이 온 거라고 영훈이가 내 소개를 하니

"아~ 그래요. 반갑습니다." 라고 악수를 청하는데 손끝에서 전해오는 짜릿함과 따뜻한 손길이 훗날 그가 내 인생에 멘토가 될 줄은 꿈에도 몰랐다.

"최정훈입니다." 라고 소개를 하는데 또 한 번 성이 같아서 놀랐다.

"네 저는 최명오! 입니다."

나도 인사를 하니 그분도 이름이 비슷해서인지 더욱 반겨 주었다. 그렇게 시작한 자리에서 한 뚝배기를 마시는 동안에 정훈이 형님과도 이젠 자연스럽게 형님 아우로 부르고 있었다.

정훈이 형은 원수교육정에서 근무하신다고 하며 영훈이와 같이 하숙을 하는 룸메이트로 누구보다도 저를 많이 도와주고 있다고 영훈이가 형 자랑을 한다.

첫인상부터가 다정다감하게 느껴져서 그런지 시간이 지날수록 정훈이 형 이야기가 어찌나 재미있는지 우리는 듣는 내

내 웃으며 시간 가는 줄 모르고 많은 이야기들을 나누었다.

어느새 통금 시간이 가까워 오고 있었다. 이제 서둘러 나와야 할 때인 것 같은데 영훈이와 정훈이 형은 아랑곳하지 않고 한 뚝배기를 더 가져온다. 그리고 다들 괜찮으면 여기에서 올나이트를 하잔다. 때마침 12시가 지났으니 지금은 영훈이 생일이고 내일은 일요일이니까, 그리고 여기는 정훈이 형 사촌 누님이 하시는데라서 괜찮다고 한다. 오늘 가게 문 닫고 밤새 이야기나 하자고 한다. 영춘이와 내 인상이 너무 좋아서 함께 있고 싶다고 한다. 영춘이와 나는 신기하게도 어젯밤에 잠을 설쳤는데도 시간이 갈수록 눈이 말똥말똥하다. 물론 정훈이 형 이야기가 너무 즐겁고 좋아서 이지만, 그렇게 마음을 정하고 나서 항아리 뚜껑이 깨지도록 잔을 부딪치며 서로에 대해 조금씩 알아가고 있었다.

어느 정도 취기가 오르고 많은 이야기 끝에 정훈이 형이 갑자기 물어본다.
지금 '명오는 무슨 일을 하냐!'고 물어본다.
영춘이는 영훈이한테 들어서 알고 있고 내가 많이 궁금했던 모양이다.
짧은 시간에 많이 친해졌지만 나는 내 이야기하기가 조금은 많이 부족한 것 같아,
"아~형. 그냥." 하고 얼버무리며 망설이고 있는데 영춘이

가 나서서

"지금 명오는 무얼 할까 고민하고 있다."며 나에게서 들은 이야기를 정훈이 형한테 이야기했다.

부산으로 가기 전에 나랑 여기 들렀다가 가려고 한다며 나보다도 더 자세하게 이야기를 하는데 나는 술 마신 얼굴인데도 더 화끈거리고 빨개지는 것 같았다.

미지의 삶에 도전하는 마음속에는 두려움도 섞인 내 얼굴이 영춘이도 마음에 걸렸나 보다. 그렇게 많은 이야기 속에 영훈이도 꼭 선생님이 되어서 부모님 소원을 들어 드리겠다고 한다. 영춘이도 이젠 빨리 배워서 아버지 두부 공장을 이어야 한다는 말과 청주가 고향인 정훈이 형의 이야기를 듣다 보니 어느새 새벽이 다가오고 있었다. 새벽 5시가 되어서야 우리는 하숙집에 가서 잠시라도 잠을 자기로 하고 그곳을 나와 하숙집으로 향했다.

낯선 곳에서의 하루는 그렇게 술과 함께 지냈다.

눈부심에 눈을 떠보니 머리가 깨질 듯이 아프다. 달달함 뒤에 찾아오는 뒤끝은 술을 마셔 본 사람만이 알 수 있듯이 아주 오랜만에 잊고 마신 것 같다. 깨질듯한 머리를 움켜쥐고 타들어가는 갈증에 일어나 보니 영춘이 역시 머리를 움켜쥐고 있다. 새벽에 어떻게 왔는지 기억이 살짝 탈출을 한 것 같다.

정훈이 형과 영훈이는 어디에서 자는지 보이질 않는다.

"야~ 영춘아. 다들 어디로 갔지?"

"글쎄. 나도 지금 일어나서 보니 아무도 없어. 우리를 여기에 재우고 다른 방으로 가서 자는 것 같아."

목이 말라 문을 열어보니 다행히 아무도 없었다. 마당에는 펌프도 있다. 부엌을 찾다가 못 찾고 펌프 물로 한 바가지씩 마시고 들어와 앉아 있는데 영춘이 입에서는 아직도 술 냄새가 진동을 한다. 나는 그렇게 술을 좋아하지는 않아 많이는 못 마시는데 어제의 동동주는 달달함에 내 주량을 넘어선 것 같다. 몇 시쯤 인가 시계를 보니 오후 2시가 다 되어 간다. 조금 후에 영훈이가 들어왔다.

"영훈아, 너 어디에서 잤니? 정훈이 형도 안 보이고."

"어, 형. 이제 일어났구나? 여기 하숙집은 빈방이 아직 여러 개라 그곳에서 정훈이 형과 잤어. 근데 배 안 고파?"

"응. 고픈데, 어디 해장국집이라도 가자."

"알았어, 형."

사실 영훈이는 소아마비라 술을 많이 마시지는 못하고 분위기에 맞춰 잔만 들었다 놓았다 했었단다.

"정훈이 형도 형들 일어나면 같이 해장국 먹으러 가려고 기다리고 있어." "아~그래. 영훈아, 그런데 어제 동동 막걸리 처음에는 맛있는데, 깰 때는 머리가 너무나 아픈데." 라고 하니 영훈이가 살짝 웃으며 친구들한테 종종 들어서 아는데 어제 명오 형이 맛있다고 할 때 그때 살짝 걱정했다고 한다.

집으로 올라가려면 서둘러야겠다.

영춘이와 내가 바쁘게 씻고 나오니 정훈이 형이 기다리고 있다. 하숙집 건너에 다슬기 해장국 간판이 눈에 들어온다. 다슬기 해장국은 또 어떤 맛일까? 궁금하다. 돼지 뼈 해장국이나 배춧국에 선지가 들어간 해장국만 먹었던 나는 다슬기 해장국은 처음이라서 조심스럽게 수저에 국물을 떠서 마시고 나서야 '햐~' 소리가 쉬지 않고 나온다. 뚝배기에 넘치는 거품 때문에 들고 마실 수는 없지만 후후 불면서 먹는 나를 바라보는 정훈이 형이 웃으며

"야~ 니들 오늘 꼭 올라가야 하냐?" 하고 묻는다.

"왜? 형. 어제 오늘 올라간다고 했잖아, 형이 술도 사주고 너무 고마워서 나중에 꼭 신세 갚으러 온다고 했잖아."

"그래. 그건 아는데. 영훈이는 오늘 끝내야 할 과제가 있다고 하니 안될 테고."

"너희는 어때?"라고 다그치는 말에

"나는 부산으로 간다고 집에다 이야기를 하고 나온 거라 바쁜 건 없는데, 영춘이가 어떨지 모르지만..?"

"영춘이도 꼭 가야 하는 게 아니면, 나랑 같이 가 줄 데가 있는데. 같이 가주면 안 되겠냐? 너희들 나중에 신세 갚는다고 했는데 오늘 갚으면 안 되냐?"

"왜? 형, 무슨 일인데 그래?" 갑자기, 나는 조금 당황해서

물어보았다.

"응. 사실은 내일모레가 어머니 회갑이라서 고향인 청주에 내려가야 하는데 나는 사실 친한 친구가 몇 명 없어. 너희가 같이 가서 축하를 해주면 안 되겠냐?"라고 정훈이 형이 말했다.

형의 말에 영춘이 역시도

"아~ 형. 우리는 형이 말을 안 해서 몰랐지. 난 아버지가 재료를 미리 사 두셔서 내가 며칠 없어도 공장에는 큰 지장이 없을 거야."라며 지금 바로 아버지께 연락드린다고 한다.

우리의 말에 정훈이 형은 너무나 좋아서 밥도 먹다 말고 펄쩍펄쩍 뛴다. 고맙다는 말과 함께 오늘 저녁에 당장 내려가서 준비를 해야 한단다.

"명오야, 어제 너하고 이야기할 때, 내가 생각을 해보았는데 우리 어머니 회갑잔치 사회를 네가 해주면 안 될까?"라는 소리에 나는 다슬기 해장국을 먹다 깜짝 놀라서,

"내가요?"라고 말했다.

형은

"어제 명오가 말하는 걸 보니. 차분하게 말도 잘하고, 인물이 좋아서"라고 한다.

그 말에 영춘이 놈 얼굴에 웃음이 터지고 말았다. 내가 생각할 때는 맞는 말 같은데 영춘이 녀석의 아니라는 듯한 눈초리가 더 얄미운 것 같다. 그놈의 얼굴을 보며 얼떨결에

"아~그래요. 그렇다면 영춘이보다는 내가 더 잘 어울리지

요. 마침 날라리 같지만 양복도 입고 있으니! 하였으나 내심 속으로는 어떻게 하는지를 몰라서 정훈이 형한테 속내를 털어 놓았다. 형은 그건 걱정을 말라고 한다. 형이 친구들 부모님 회갑에 여러 번 가보아서 잘 알고 있어 식순을 적어 줄 테니 식순에 따라서 하면 된다면서 처음에는 많이 떨리지만 술 몇 잔 마시고 하면 괜찮을 거라며 약속했다.

"자~그러면 이것 먹고 내려가는 거야!"

그렇게 떠나기로 하고 영훈이는 우리와 헤어져 도서관으로 가고 우리는 시간이 남아 터미널 당구장에서 차 시간을 기다리다 청주행 시외버스에 올랐다.

4. 인연의 첫 페이지

　차창 밖 스치는 풍경은 왠지 나와 같이 쓸쓸해 보이는데 나도 모르게 밀려오는 허전함과 텅 빈 내 마음은 울적하기만 하다.

　부모님한테 장담하고 떠나온 생각과 부산에 가서 꼭 성공해야만 돌아올 수 있다는 것에 대한 두려움들이 어제는 술기운에 잊고 살았지만 오늘은 예상치 못한 일로 또 다른 곳으로 가는 내 앞날은 과연 어디에서 멈출지 이때까지만 해도 전혀 알수가 없었다.

　그저 맞닿는 곳이 내 곳인 것처럼 붙잡지 않으면 달아나고, 홀씨가 되어 훅 불면 날아갈 것만 같은 내 마음에 상처 나지 않기를 바라며 바람 따라 날아가다 보면 내 쉴 곳 한 곳 어딘가에 있겠지 하며 마음을 다져보았다.

다들 피곤한 탓에 영춘이와 정훈이 형은 코를 골며 잠을 잤다. 내가 미래에 대한 걱정에 취해 있을 때 수런수런 거리는 소리가 들린다. 차 안을 보니 청주가 다 와 가는지 내릴 준비를 하느라 모두들 바쁘다.

처음 와보는 곳이라 모든 게 낯설고 내가 살던 곳과는 전혀 다르지만, 왠지 정감이 든다.
"형, 다 온 것 같은데요." 하며 영춘 이와 정훈이 형을 흔들어 깨웠다.
"어~벌써 다 왔네." 하며 기지개를 켠다.

터미널에서 택시를 타고 가다 청주의 시내 한복판에서 내렸다. 서울로 따지면 명동 한 중심가인데 꽤나 큰 건물 1층 제과점으로 들어갔다.
우리는 부모님께 드릴 빵을 사러 들어간 줄 알았는데,
"아버지, 어머니." 하며 부르는 정훈이 형을 보고 깜짝 놀랐다.
"여기가 우리 집이야. 명오야! 영춘아! 뭘 해. 어서 와서 인사드리지 않고." "아~예. 안녕하세요." 하고 인사를 드리자 어서들 오라며 두 분께서 반갑게 맞아 주셨다.
이곳 2층과 3층은 당구장과 꽤 큰 갈비 집과 다른 종목의 가게들이 있었다. 4층에는 살림집이라는데 정훈이 형이 알고 보니 엄청난 부잣집 아들이었다.

"와. 형네 엄청 부자네요."

"야, 여기는 아버지와 어머님 계시는 곳이고, 내 것이 아니고 나는 하숙하는 직장인이야."라고 하는 정훈이 형의 겸손함에 다시 한번 놀랬다.

여기서 커피 한잔 마시고 조금 있다가 저녁 먹고 어머니 회갑 진행을 짜자며

"옥자야." 하며 누구를 부른다. 옥자라는 아가씨는 어려서부터 엄마와 함께 여기에서 어머니 살림을 도우며 있는 아주머니 딸이란다. 오랜 세월을 함께해서 가족과 같다고 한다.

지금은 여기에서 빵 만드는 기술을 배우고 있으며 엄마를 도와서 여기 살림도 가끔씩 돌보아 준다고 한다. 오빠가 온다는 소리를 듣고 기다리고 있었는지 주방에서 물을 끓이다가 낯선 이들의 소리에 놀라 숨어 있다가 형이 부르니 얼굴이 빨갛게 달아 고개를 숙인 채로 나온다.

"오빠 왔어요." 한다.

정훈이 형이 우리를 소개하자 고개를 숙인 채로

"안녕하세요." 들릴 듯 말 듯 하며 인사를 한다.

우리는 커피를 들고 이곳저곳 집 구경을 하다가 깜짝 놀랐다. 응접실 한쪽 벽면이 온통 돌로 장식이 되어 있었다. 처음

보는 신기함에 정훈이 형 아버님이 오래전부터 수석을 수집하셨는데 형도 많이 따라다녀서 거의 전문가 수준이라며 정훈이 형 방으로 가보자고 한다. 정훈이 형 방에 따라 들어가 보니 우와 하며 벌린 입이 다물어지질 않는다.

처음 보는 돌에 그림이 박혀있고 여러 동물을 닮은 돌. 바다가에서나 볼 수 있는 섬들이 있고 반짝반짝 보석처럼 빛나는 돌에 심장이 '쿵쾅' 거리고 벌어진 입이 흥분을 하였는지 턱관절이 빠졌는지 다물려고 해도 다물어지지가 않는다.
나의 놀랜 표정에 정훈이 형은
"명오야 ~ 뭘 그렇게 놀라."
"아! 형, 나는 이런 것 처음 보는데, 너무 멋있고 아름다워서 온몸에 전기 맞은 것처럼 짜릿짜릿해서 깜짝 놀랐어요."

[*수석* 이것이 처음에는 그렇게 나에게 운명처럼 다가올 줄은 몰랐다. 수석으로 인해 지금의 아내와 세 딸 이 책의 제목이 될 :1999년생 운 좋게 태어난 놈: 아들이 생길 줄은 꿈엔들 생각이나 했을까???]

"야~명오야! 네가 그렇게 놀라는 걸 보니, 우리 아버지와 나보다도 더 좋아 하겠다." 라는 말이 나중에 와서야 알게 되었을 줄이야.

그런데 자세히 보니 돌마다 받침이 있었다. 그때 나는 수석을 돌이라고 생각했었다. 아버님이 직접 나무에 파서 만드신 수석 좌대라고 한다. 수석 집에 맡기면 좌대 값이 빵 값보다 비싸다고 직접 만드신다고 하신다.

아버님은 예전에 조각을 취미로 하셨던 분이시고 이곳에서는 소문난 구두쇠라 한다.

나는 속으로 '이런 우연이 어디 있을까'라는 생각이 들었다.

'나도 예전에 공예를 배우고 서각이나 내 손도장도 몇 번 파본 적이 있는데'라고 혼자 말로 중얼거리는데 정훈이 형이 어깨를 탁 친다.

"야~명오야! 너 진짜야? 공예도 하고 서각도 배웠니?"

"네. 전에 한참 배워서 직장에도 다닌 적도 있었어요."

"그럼 명오야, 부산에 가서 잘 모르는 일에 고생하느니 이것 한 번 해볼래? 내 원주 교육청 선배 동생이 수석 가게를 하고 있는데 나하고도 잘 아는 분이야. 요즘에는 전국적으로 수석 붐이 일어나서 많이 바쁘다는데, 그곳에서 조금 배워서 수석 가게 해보지 않을래? 내가 잘 말해줄게"라고 말한다.

그 말에 이상하게도 머리에 번개를 맞은 것처럼 번쩍거린다. 갑자기 온몸이 나른해지고 힘이 어디론가 빨려 나가는 것 같다. 내 몸에 긴장감이 뭉쳐 부담이 되었던 몽우리가 풀어지고 들숨과 함께 뭉쳤던 마음의 짐이 빠져나가는 찰나의 순간에 나는 영춘이를 끌어안으며 털썩 주저앉아버렸다.

'이 길인가, 내가 가야 할 나의 길이'라는 긴 한숨이 영혼을 맴돌다 빠져나왔다.

"형, 잠깐만." 하며 긴 시간이 흐른 뒤에야 형의 얼굴을 볼 수가 있었다.

그렇게 정훈이 형과의 만남이 운명처럼 이어졌고 내가 가야 할 길에 등불이 되어준 형의 어머님 회갑 날이 되었다.

누구보다도 일찍 서둘러 (귀 빈 정)이라는 큰 식당으로 가서 우리는 서둘러 준비를 시작하였다. 나는 행사 순서가 적힌 종이를 들고 자리를 왔다 갔다 하면서도 온통 머릿속으로는 수석에 대한 생각으로 꽉 차있었다.

나의 미래가 담긴 행로를 정해 준 정훈이 형의 어머님이라 더욱 잘해야 된다는 생각과 함께 나도 거금 5만 원을 봉투에 넣었다. 그때는 보통 봉투에 2~3만 원 정도 넣을 때였다. 정훈이 형은 사회까지 보는데 부조는 안 해도 된다고 말렸지만 나는 그래도 형이 고마워서 그런다고 했다.

아마도 내 생각에 형이 살짝 부담되라고 했는지는 지금도 잘 모르지만, 지금 생각을 해도 그때는 잘 했나고 생각한다. 나중에 회갑연이 끝나고 형이 고맙다고 봉투를 주었는데 봉투에는 더 큰돈이 들어 있었다.

그날 기분이 좋아서인지 처음으로 보는 사회가 나도 깜짝 놀랄 정도로 말도 잘하고 막히는 것 하나도 없이 잘했다. 지금은 잘 생각도 나지 않지만, 그날 최고의 찬사를 받은 것은 아마 어렴풋이 어머님의 은혜가 담긴 노래를 합창할 때 모두가 눈시울을 적시지 않았을까? 어렴풋이 생각을 해본다.

잔치가 끝나고 정훈이 형 모르게 아버님이 수고했다고 봉투를 주셨다. 사양해도 소용이 없어 형한테 말했더니 괜찮다고 나도 네가 너무 잘해줘서 고맙다고 받으라고 한다.

나는 그때 내가 회갑 잔치 사회를 보러 다니는 것이 내 적성이 아닐까 하는 생각도 잠시 생각도 했었다.

[참 고맙던 친구 영춘이 덕분에 좋은 사람을 만나 의형제가 되고 좋은 형 덕분에 앞날을 설계하고 많은 사랑을 받고 살아가고 있다.

다시 한번 그날의 생각을 떠올리며 두 눈에 눈물이 맺히는 그때를 그리워하며 이 글을 이어가려 합니다.]

다음날 우리는 원주로 돌아왔다. 영춘이는 서울로 올라가고 나와 정훈이 형은 교육청 선배의 동생이하는 수석가게에 들렀다.

나의 이야기를 하자 그도 나와 나이가 같은 동갑이라고 반가워하며 일을 도와주겠다고 같이 있어 보자고 했다. 그때 내 마음은 어느새 하늘 끝에 닿아 있는 듯했다.

그렇게 우리는 친구가 되고 서로를 위로하는 사이가 되었다.

"이명석" 그 친구의 이름이다.

간절했던 그 당시에 모든 게 나에게는 운명처럼 다가오는 시절이었다.

나중에 수석을 알게 되었을 때, 수석 중에서도 으뜸을 '명석'이라고 한다. 아마도 친구의 이름이 명석이라서 수석을 좋아할 수밖에 없었을 거라는 생각을 해본다. 그렇게 한 달을 배우고 나니 자신감도 생기고 수석에 대한 지식도 많이 알게 되었다. 명석인 내가 예술적인 감각이 남들보다 더 뛰어난 것 같다고 가끔씩 말을 했었다.

그러는 사이 정훈이 형도 많이 알아보았는가 보다. 어느덧 10월이 되었다. 그러는 사이 집 생각도 많이 났지만 꼭 잘 되어서 간다는 생각에 참으며 지내온 시간에 보상이라도 하듯, 정훈이 형이 찾아왔다.

"야~명오야! 내가 여기저기 알아보았는데, 너 혹시 영월에서 수석 가게 한번 차려 보면 어떨까? 내가 잘 아는 분이 영월은 수석 신지인데다가 석인들도 많지만 수석 가게가 없어서 제천 쪽으로 좌대를 맡기러 다닌대. 그곳에서 활발한 활동도 하고 수석도 오래 하신 분이니 소개해 줄게. 한번 찾아가서 부탁드리면 잘 도와주실 거야."

그분 이름은 '박영식 씨'라고 하며 그곳 여성회관에서 서예도 하시고 동양화도 하시는 분이라고 한다.

"명오야 네가 찾아가서 한번 만나봐."

정훈이 형은 그동안 자기 일처럼 여기저기 많이 알아보았는지 자신 있게 말하기에 나는 많이 놀랐다. 정훈이 형도 동생이 없어서 인지 나를 친동생처럼 여기는 줄은 알았지만 이렇게까지 생각하는 줄은 미처 몰랐었다.

"아~형. 진짜야?"

내가 형을 끌어안으며 진심으로 고마워하니 오히려 형은 징그럽다며 밀어내지만 내심 싫지 않은 기색이다.

"내일은 나도 쉬는 날이니 같이 영월에 가서 만나보자."고 한다.

그런 모습을 보는 명석이가 살짝 아쉬운 듯 말했다.

"명오하고 헤어지는 건 아쉽지만 명오도 이제 직접 차려도 될 정도가 되었으니 잘해 봐."라고 한다. 아쉽지만 진심으로 자기도 여기에서 많이 도와줄 테니 크게 걱정하지 말란다. 너는 성격이 좋아서 빨리 많은 사람들과 친해질 수 있을 거라고 응원도 해준다.

그날 밤, 나는 내일 떠날 영월 답사로 잠을 설치면서도 행복한 미래의 꿈을 꾸면서 잠이 들었다.

[훗날 나의 영원한 동반자가 기다리는 줄도 모르고 꿈길에서 보이는 낯선 이의 활짝 웃는 모습이 지금도 생생했던 걸 생

각해보면서 지금은 꿈이 아닌 걸 다행이라는 마음으로 오늘도
이 행복한 아침을 맞는다.]

5. 내 인생은 지금부터야

10월 17일 아침은 유난히도 파란 하늘이 맑았다.

하얀 구름 한 점이길 안내를 하듯이 둥실둥실 떠가고 새처럼 보이는 비행기 한 대가 미끄러지듯이 날아가고 있다.

"어디로 가는 걸까? 어디에서 오는 걸까?

저 비행기에 탄 사람들은 내 마음 알까? 혹시 들키면 어떻게 하지?

그렇게 먼 하늘과의 눈 맞춤은 내 시야를 벗어나서야 끝났다.

정훈이 형과 만날 시간은 10시였지만 나는 서둘러 일찍 도착해 있었다. 큰길 건너 버스에서 내려 걸어오는 정훈이 형의 걸음이 이상하다.

"형! 무슨 일이야, 왜 그래?" 나는 깜짝 놀라서 형을 부축하며 물어보았다. "어~큰일은 아니고."

어젯밤에 작은 오토바이를 타고 가다 갑자기 뛰어든 아이를 피하려다 넘어져서 살짝 다리를 다쳤다고 한다.

"크게 다치지는 않았는데 걷는 게 조금 불편하네. 그래서 명석이한테 전화를 했더니 벌써 나갔다고 해서 왔어. 어떻게 하지 명오야! 너 혼자 찾아갈 수 있겠니? 내가 연락은 해 놓을게."

"나 혼자서 찾아갈 수는 있지만, 형 다리는 어떻게? 병원에서는 뭐래?"

"한 일주일 물리치료 받으면 된다고 하니까 너무 걱정 말고 잘 다녀와. 차 시간 다 됐다. 어서 타!"

"알았어. 형, 그러면 갔다 와서 봐."

난 형이 걱정하는 얼굴을 보며 시외버스에 올라 맨 앞좌석에 앉았다. 형이 가고 버스도 미끄러지듯이 터미널을 빠져나오니 이제 걱정이 된다. 정훈이 형만 믿고 따라가는 줄 알았다가 이제는 모든 걸 혼자 해결해야만 하는 압박감에 옆자리에 언제 누가 앉았는지도 모를 정도였다.

강원도 영월. 첩첩산중 그곳에는 사람이 얼마나 살고 있을까? 교과서에 나오는 영월화력발전소와 옥동광업소는 과연 어떤 곳일까?

나는 원래 시골이라는 자체를 모르고 자랐다. 도심을 벗어

5. 내 인생은 지금부터야

났던 기억은 집 앞에서 78번 버스를 타고 말죽거리를 지나 양재동 개울에 가서 대나무 낚싯대 하나하나를 꺼서 피라미 잡고, 분당 저수지에서 붕어 낚시를 할 때 오고 가며 시골 풍경을 본 게 전부였다. 논과 밭이 전부였던 그때 그곳이 훗날 지금 강남 최고의 부를 이루는 곳이 될 줄 누가 꿈엔들 알 수 있었을까?

깊은 생각에 잠겨 어디에서부터 비포장도로였는지 잘 모르겠지만 꽤나 흔들리는 버스도 긴장을 하는지 기사님도 시동을 꺼트린 모양이다. 투덜거리며 다시 시동을 걸어 산을 넘고 작은 개울이 지나는 다리를 건너 '얼마나 지났을까?' 하는 생각을 할 때쯤 제법 큰 강이 보인다. 순간 만산이 홍엽 지는 강가의 풍경이 이렇게 아름다운지 한 폭의 그림이었다.

[답답한 도시의 총각이 처음으로 자연의 품에 안긴 날이자 훗날 평생 잊지 못할 *일생일석*이란 문학작품으로 *수필 작가*로 등단하게 될 일생일석을 탐석했던 곳이다. 북진 삼거리는 남한강 상류인 평창을 지나 영월의 서강이라 부르는 곳이다.]

그곳을 지나니 구불구불 산으로 오르는 버스도 힘겨워하고 나도 차멀미에 속은 말이 아니었다. 오르막길을 한참 오르니 여기가 소나기재라는 말과 저 바위가 신선들이 놀다가는 '선

돌'이라고 뒷좌석 분들의 이야기가 들린다. 아찔한 높이에서 아래를 내려다보니 와!~소리가 절로 나온다. 언제 멀미를 했는지 잊어버릴 정도로 아름다운 경치에 내가 지금 무얼 하러 가는 줄도 잊고 있었다. 거의 다 왔다는 말과 함께 짐을 하나씩 챙기시는 분들을 따라 놓고 있던 정신 줄을 동여매니 또다시 긴장감이 엄습해온다.

터미널에 내려 눈앞에 보이는 중국집에 들어가 짜장면 한 그릇을 시켰다.

출출하기도 하고 배달을 많이 하는 중국집 사장님께 이곳 지리도 물어볼 겸 해서였다. 가게에 들어가니 종업원 아가씨가 있다.

"아가씨 여성회관은 어느 쪽으로 가야 하나요?"

"이 길을 따라 쭉 가시면, 동강 다리가 나오는데 다리 건너기 전 오른쪽에 있어요."라고 한다.

영월읍내 길을 천천히 걸어가며 이곳저곳을 다녀보아도 사람들의 모습은 아주 가끔씩 보인다. 영월의 첫인상은 매우 조용하고 한가롭게 느꼈다.

내가 살아온 서울하고는 아주 다른 세상 같았다. 이곳 인구는 얼마나 될까 하는 생각을 할 때 눈앞에 아주 낮게 지은 낡은 건물에 영월군 '여성회관'이란 간판이 눈에 띄었다. 순간 멈칫하며 혹시 누군가 나오길 기다려 보는데 10분이 지나도 아무도 나오지를 않는다. 조심스레 문을 밀고 들어서는데 인기척을 못 느꼈는지 넓은 공간 한가운데서 무엇인가를 붓으로 그리는 사람이 있었다. 얼마나 심취해서 붓을 터치하는지 내가 가까이 가도 모를 정도다. 방해하는 것 같아 조용히 끝나기를 기다리는데 뒷모습이 작은 체구에서 뿜어 나오는 카리스마가 예사롭지가 않다.

기다리다 못해 살짝 넘겨보다 그만 '와~!'하고 소리를 지르고 말았다.

나보다는 그분이 더 놀라서 넘어질 뻔했다.

"아, 안녕하세요. 죄송합니다. 최명오라고 합니다. 원주 정훈이 형한테서 소개받고 왔습니다. 박영식 선생님 찾아 왔는데 혹시?"

"그래요. 내가 박영식입니다. 연락은 받았는데 이렇게 젊은 분인 줄은 몰랐습니다. 아무튼 오셨으니 반갑습니다. 커피 한 잔 합시다."

"네, 고맙습니다.

그렇게 첫 만남이 이루어지고 선하신 웃음에 아까 뒷모습과는 달리 긴장했던 마음이 내려앉는다.

커피를 마시며 그동안에 있었던 이야기를 하고 잘 부탁드린다는 말에 잘 왔다며 반겨 주신다.

***2021년 40년이 넘도록 지금 이 순간에도 SNS를 통해 하루의 안부를 주고받으며 지내고 있지만 그날의 고마움

은 이생이 끝나는 날까지 인연의 소중함을 또다시 다짐해봅니다. ***

　우선은 지낼 곳과 가게를 얻어야 한다는 말씀에 며칠 후 준비를 해서 다시 찾아뵙겠다는 인사를 하고 그곳을 나섰다.

　큰길을 따라 여기저기 둘러보니 이제야 하나둘 눈에 들어온다.

　낮은 토담이 큰길을 따라서 있는 시내 한가운데가 영월 포교당을 사이에 두고 비디오 집, 황금 당, 금방, 김 약국, 꽃집, 태양 전파사, 수석, 다방 등 자세히 보니 처음 걸어올 때보다는 사람들도 제법 다니고 있었다. 앞에 가는 사람도 뒤에 오는 사람도 모두들 현제의 시국과는 달리 아주 평화로운 곳이었다. 발길 가는 곳 따라 걷다 보니 아주 작은 전당포가 있고 맞은편에는 작은 구멍가게가 있다.

　우연이었을까? 왜 하필 그 집 앞에서 갑자기 배가 아프기 시작하는지 아까 짜장면에 찬물을 마셔서 그런지 뱃속이 요동을 친다. 우선 급한 마음에 구멍가게로 들어가 사정을 하니 뒷문을 열어 주시며 얼른 들어가시라고 하신다.

　다급한 마음에 휴지도 없이 들어갔는데 옆을 보니 자로 잰 듯 가로 15㎝ 세로 15㎝ 크기로 신문조각이 벽에 박힌 큰 못에 걸려있다.

　아~얼마나 다행인가 그 상황에 시멘트 종이면 어떻고 신문지면 어떤가, 볼일을 보고 나니 지독한 재래식 변소에서의 냄새에서도 어느새 요단강을 지나온 뱃속은 마냥 평화롭기만 하다.

고마운 마음에 사이다 두 개를 사서 주인아저씨와 마시며 이야기 도중에 가게 한곳에 제법 큰 창고 같은 곳이 보였다. 그곳을 보니 내가 생각하는 장소와 딱 맞겠다 싶어 주인아저씨에게 사정 이야기를 드렸다.

쓸 수는 있는데 오늘 저녁에 아이들 이모가 와봐야 한다고 하신다.

아저씨는 영월 영림 소에서 근무를 하시는데 오늘은 쉬시는 날이라서 가게를 봐주시는 이모가 원주로 볼일을 보러 가셨다고 하신다. 그러면 이모님 오시면 꼭 물어봐 주십사하고 내일 찾아오겠다며 그곳을 나와 가려는데 이상하게도 발걸음이 영 안 떨어진다.

내 안에 영혼이 그 무언가의 이끌려 그곳으로 자석처럼 빨려만 가는 듯하다. 참 이상한 일이다.

하루가 오늘에 머물다 지려고 할 때 나의 일상이 힘들어서인지 쉬고 싶은 마음에, 길 건너 눈에 보이는 작은 여관에서 쉬기로 하고 누워 있다가 잠이 들었나 보다. 얼마쯤 지났을까? 희미한 기억들 사이에는 빨간 고추잠자리 한 마리가 날아가다 서고 또다시 날다가 서고, 따라오라는 은빛 날개에 두 손을 허공에 날개를 편 듯 날갯짓을 하니 빨간 고추잠자리와 함께 하늘을 날고 있다. 하늘 아래 첫 동네가 한눈에 들어오고 말없이 유유히 흐르는 강물에 비춘 여울은 햇살을 가득 안고 은빛 날개 사이로 보이는 강물에는 황금빛 누런 잉어가 한가로이 물살을 따라 오른다. 꿈결인 듯 넋을 잃고 바라보다가 문 두드리는 소리에 눈을 떠보니 12시가 다 되었다는 여관집 아주머니다. 아~얼마나 잔 걸까?

서둘러 일어나 어제 찾아 가기로 한 가게로 먼저 갔다.

문을 열고 들어서니,

"어서 오세요!"라는 20대 초반의 아가씨가 서있다.

"혹시 여기 이모님은 아직 안 오셨는지요? 어제 제가..."

"아, 제가 이몬데요!"라는 말에 순간 나는 얼음이 되었다. 순진한 얼굴에 평소에 내 이상형인 얼굴이 거울 속에 있는 듯 서있었다. 놀란 내 눈보다는 날 바라보는 그녀의 눈은 더 놀랜 듯했다. 잠시 동안 서로 말도 못 하고 바라만 보았다.

"아, 어제 여기 아저씨한테 가게를 물어보았는데 이모님이 오시면 상의해서 알려 주신다고 해서 찾아왔습니다."

"네. 형부한테서 이야기 들었는데 누군지 보고 결정한다고 했었는데, 혹시 무슨 가게를 하실 거예요?"

"저는 이모님이라고 해서 나이가 좀 있으신 분인 줄 알았는데!"

"언니가 몸이 조금 아파서 병원에 있어서 제가 조카들 때문에 잠시 내려와 있어요.

"어제 여기 아저씨는 나이가 좀 되신 것 같은데"

"아!~ 우리 형부요! 언니와는 제가 막내라서 나이 차이가 조금 나서 그래요. 그런데 무얼 하시려는지 알아야..."

"아 참! 제가 이곳에서 수석 가게를 하려고 하는데 이곳이 저한테는 딱 맞는 것 같아서요. 그래서 말인데 꼭 좀 부탁드립니다."

"근데 너무 작은데도 괜찮으시면요." 그러는 그녀가 나를 바라보는 눈빛이 낯설지 않은 건 나 역시 마찬가지였다.

*** 전생에 바람과 들꽃인 양 떠돌다 이생에 내려앉은 풀씨 하나가 소담스런 언덕으로 날아와 씨앗을 묻으려 합니다. 이 외롭고 쓸쓸한 바람 따라온 가을날에 이랑에 묻혀 벼 이삭 찾아온 새들을 피해 따뜻한 봄 내음 가득한 봄날에 봄바람에 흔들리는 아름다운 접시꽃 당신으로 피어나 그대에게 보여주고 싶으니 이 땅의 주인께서는 부디 허락하여 주시길 간절히 바랍니다. ***라고 그때는 마음속으로는 애원을 했었던 것 같다.

그러면 그렇게 알고 준비되는 대로 온다며 월 3만 원에 계약을 하고 나왔다.

원주로 와서 명석이와 함께 영월에서 있었던 이야기와 가게를 얻고 왔다는 자초지종을 설명하고 정훈이 형이 있는 교육

청으로 찾아갔다.

퇴근길 형은 나를 보더니 다리를 절면서도 형이 같이 못 가서 많이 미안해한다.

"명오야! 어제 잘 찾아갔니? 어제 올 줄 알았는데 무슨 일 있었니?"

"아니. 형 무슨 일 있는 건 아니고, 박영식 회장님 만나서 형 이야기하니까 반갑게 커피도 타주시면서 잘 왔다고 하셨어. 도와주시겠다는 말씀과 가게도 알아봐야 한다고 하셔서 마침 가게 주인이 어디 갔다가 내일 온다기에 그 옆 여관에서 자고 아주 가게까지 얻고 오느라고 늦었어요, 걱정 많이 했지? 미안해 형!"

"잘 됐다. 이제 어떻게 할 건데?"

"우선 서울에 가서 부모님께 말씀을 드리고, 모든 걸 준비해서 영월로 바로 내려가려구요. 준비가 끝나는 대로 형에게 연락할게요. 그때쯤이면 다리도 나을 테니까 그때 오면 될 것 같아."

그날 정훈이 형은 자기 일처럼 그렇게도 좋아했다.

그렇게 마음을 먹으니 빨리 서울로 올라가야겠다는 생각뿐이나. (사실은 영월에 있는 아가씨가 빨씨 보고 싶다는 생각 때문이지만)

서둘러 정훈이 형과 작별 인사를 하고 서울행 고속버스에 올랐다.

***노을빛이 물든 하늘은 언제 보아도 아름답지만 지금 보이는 저 하늘은 다시 태어난다고 해도 이토록 아름답지는 않을 것 같은 석양이 서산을 넘고 있다. ***

오랜만에 보는 부모님 얼굴이지만 부모님은 언제나 걱정스러운 얼굴들이시다. 그동안 있었던 일들을 소상히 말씀드리고 부산이 아닌 강원도 영월로 간다니까 뜬금없이 무슨 돌멩이냐고 하신다. 그도 그럴 것이 우리 부모님은 수석이 무엇인지 모르시고 짠지 누르고 축대 쌓는 돌이 무슨 돈벌이가 되겠냐며 말씀은 하시고는 더 이상 말리지 않으셨다.

그날 저녁 어머니의 비계가 절반이 넘는 돼지고기와 깍두기 같은 두부를 넣고 끓인 김치찌개는 세상 어디에서도 맛볼 수 없는 맛이었다.

그날 저녁 단꿈으로 잠들고 꿀잠에서 깨어나니 이 모든 아침이 과거와는 달리 창문으로 불어오는 바람이 있어 고맙고 햇살이 있어 고맙게 느껴진다.

서둘러 준비를 하고 동대문 시장으로 가서 여기저기를 분주하게 다니며 명석이가 가르쳐 준 곳으로 가서 몇 가지 주문도 하고 집으로 돌아왔다.

이틀이 지났다. 시간이 이렇게 안 간다고 생각을 해보기는 처음인 것 같다. 서울 하늘은 여전히 맵고 뿌연 연기가 하늘을 덮고 전두환 대통령 취임 후에는 여기저기에서 잦은 데모에 나라가 쉬 가라앉지 않고 있는 시국이었다. 어쩌면 같은 하늘 같은 나라인데도 이렇게도 다를 수가 있을까? 그런 생각을 하니 하루빨리 이곳을 벗어나고 싶다는 생각으로 내일을 기다리며 동네 한 바퀴 장충단 공원을 지나 남산 길을 걸으며 많은 생각에 휩싸인다. 과연 내가 나를 위해 제대로 가는 길인가를 걱정하면서도 또 다른 미래에 대한 희망을 꿈꾸며 오늘도 긴 하루를 보냈다.

6. 꿈같은 세월

또다시 오르는 소나기재를 이번에는 시외버스가 아닌 용달차를 타고 오른다. 처음 찾아갈 때와는 달리 내가 살아야 한다는 마음가짐에 길가의 가로수마저도 나를 반겨 주는 것 같아 내 안에 나도 모르는 떨림이 꿈틀거린다. 지나는 길목마다 이름 모를 새들의 소리 산천이 붉게 물들고 갈바람에 구르는 낙엽조차도 나를 반겨 주는 듯하다. 불과 며칠 사이지만 꽤나 긴 시간이 흐른 것 같은 느낌은 아마도 기다렸을 것 같은 그녀가 보고 싶었을 지도...

덜컹대는 비포장길을 지나서 도착을 했다. 마침 밖에서 누군가와 이야기를 하다가 반가운 듯 아주 오랜 연인을 기다린 듯한 얼굴로 반갑게 맞아준다.

그러고 보니 가게가 말끔히 치워져 있었다.

"식사는요? 라는 물음에 이제는 여기가 낯설지 않고 누

군가가 있는 이곳이 또 다른 나의 쉼터 같은 생각이 든다. 얼떨결에

"조금 있다가 대충 정리 좀 하고, 자장면 한 그릇 먹으면 돼요." 하니,

"잠시만 기다리세요. 마침 남아있는 밥이 있으니까."라며 안으로 들어간다. 잠시 후 어쨌든 이제 한집에 있으니 마음 쓰인다는 말과 함께 언제 끓였는지 법랑 냄비에 두부찌개와 밥을 차려서 가져왔다. 나는 어려서부터 두부를 좋아하기에 얼른 한 숟갈 떠먹어보는 순간 '아~ 어떻게 내 입맛을 알았을까' 하며 깜짝 놀랐다. 너무 맛있어서 '이런 걸 매일 먹을 수만 있다면 얼마나 좋을까 하는 생각에 갑자기 그녀가 궁금해진다.

"혹시 애인은 있을까? 여기에는 얼마나 있다 갈까? 나이는 몇 살일까? 어디에 살고 있지? 이름은 혹시 이모 말고 무엇일까?" 하는 생각 등등.

여러 생각이 빠르게 지날 때,

"지난번에 부탁하신 방은 저기예요!"라는 말에 그녀에 대한 궁금함에 안개 길 걷다가 깜짝 놀라서 입천장을 덴 것 같다.

너무나 맛에 심취해 있었나 보다. 손으로 알려주는 곳을 보니 바로 옆 노란 이층집인데 꽤나 그윽한 집인 것 같아 보였다. 지난번 가게를 얻고 나서 내가 잘만 한 방을 부탁했었는데 잊고 있었다.

"아~그래요 고마워요! 그런데 어쩌면 이렇게 두부찌개가 맛있어요! 너무 맛있어서 홀딱 반했어요!"

6. 꿈같은 세월

"진짜요? 급해서 대충 끓인 건데..."

혼자 하는 말에

"아니 그럼 진짜로 끓이면 엄청나겠네요." 언제 다시 기대해
볼 날이 있었으면 좋겠다는 말에 수줍은 듯 웃는다.

그렇게 그녀와 나는 조금은 유치한 말을 하면서 서로를 알
아가려 했다.

사실은 한때 서울 명동에서도 잘나가는 날건달이었기에 여
자들 마음을 잘 알고 있었다. '칭찬은 고래도 춤추게 한다.'
'좋은 말은 꼬리를 물고 줄을 서고, 말 한마디에 천 냥 빚도 갚
는다.'라는 흔한 말도 나는 소중하게 생각하고 있을 때였다.

밥을 먹은 뒤 방을 얻었다는 곳을 같이 가보았는데 언제 같
다 놓았는지 방 빗자루와 쓰레기통이 놓여있었다. 그녀가 사
다 놓았다고 한다. 고마운 마음에 감사하다는 말을 하는데 왠
지 모르게 신혼살림을 시작하는 부부 같은 느낌이 든다. 그녀
를 처음 보고 이 낯선 곳에 남이 아닌 내 편이 한 사람이라도
있었으면 좋겠다는 생각도 했었지만 방을 보고 작은 살림 하
나를 보니 더욱 그런 마음이 짙어져만 간다. 그녀 역시 부끄러
운 듯 얼른 가야 한다. 고맙다는 말과 함께 나는 여기 주인에
게 계약을 하고 가겠다고 했다.

사실 그때만 해도 월세 방이고 해도 보증금 조금하고 선금
을 주고 구두로 말하기에 계약서 같은 건 필요하지가 않았다.

빈방을 보면서 이제는 이곳이 정말 내가 살아야 하는 곳이기
에 다시 한번 마음가짐을 다져본다.

그날 늦게까지 가게 정리를 하고 명석이가 준 수석들을 진열해 놓으니 조금은 그럴듯한 가게 모양이 갖춰진다. 늦은 밤인데도 간혹 지나는 사람들이 기웃거리기도 하고 수석 가게는 처음이라 신기해한다.

그렇게 하루가 저물고 어둠이 묻힌 시간에 잠자리에 들려고 하는데,

'아차! 이불을 안 사 왔다.' 초가을 날씨라 해도 쌀쌀한 편인데 늦은 시간이라 살 수도 없어서 옷을 덮고 자니 얼마나 추운지 오돌 오돌 떨면서 잔 것 같다. 다음날 아침 눈을 떠도 일어날 수가 없다. 모든 것이 한꺼번에 내려앉은 것 같은 마음의 짐들이 가슴에 눌린 채로 온몸을 마구 찌르는 몸살에 식은땀만 흐른다. 객지라 어떻게 할 수 없는 혼자라는 생각에 아프면 이런 것이구나 하며 일어나려고 애쓰는데 방문 두드리는 소리가 들린다.

간신히 "네" 하고 문을 열어보니 그녀가 서있다.

가게에 안 나와서 무슨 일인지 와보았단다.

"첫날이라 연탄가스가 걱정도 되고요."라며 말을 하다 깜짝 놀란다.

"왜요? 어디 많이 아프세요?" 하며 이불노 없이 산 설 본나. 자취를 한다고 해서 그런 건 다 가져온 줄 알았다며 얼른 가서 약 좀 사 온다며 황급히 나갔다. 나는 그날 아침 약 사 온다는 말에 눈물이 핑 돌았다.

6. 꿈같은 세월

그렇게 시작한 영월 수석원은 꽤나 석인들이 자주 찾아오는 쉼터가 되었다. 어느새 1년이 지나고 2년도 거의 지나가고 있었다.

뜬금없이 찾아온 구름도 소멸되지 않는 한 흘러가듯이 나의 일상도 그렇게 물 흐르듯이 어디론가 하루하루 흘러만 가고 있었다.

이곳 탐석을 찾는 주류는 선생님들과 공무원들과 지역 유지들이었다.

사실 그때만 해도 하루 벌어 하루 살아가는 사람들이 서울에는 많았지만 이곳 영월 지방은 농사를 짓거나 밭을 가꾸는 사람들이 많았다. 그들이 시내에 나와서 생활용품 등을 사기에 시내에는 장사하는 사람들이 많았다.

그렇게 시간에 여유도 없었기에 수석을 하는 사람들이 많지는 않았지만 때마침 전국적으로 영월이 수석 산지로 알려져 전국에서 탐석하러 오는 동호인들이 제법 나를 찾아왔다.

덕분에 나의 일상도 많이 바뀌었다. 낮에는 거의 전국에서 찾아오는 석인들과 함께 산지 안내와 탐석하는 재미로 살았다. 저녁에는 간간이 맡겨놓은 수석 좌대를 만들어 생활을 하지만 그때는 큰돈보다는 거의 수석에 미쳐 있었기에 탐석을 다녔다.

수천 년의 세월에 닳고 닳아 풍파에 깎이고 깎인 돌 한 점이 나를 기다리고 있을 생각에 뜬 눈으로 밤새워 새벽녘 여명을 기다리는 반복된 생활과 또 어떤 변화된 모습으로 기다릴까 하는 생각은 수석인이 아니고는 느낄 수 없는 감정이었다. 다행히 나에게는 석복이 있었는지 다른 이들과 탐석을 같이 나가면 좋은 수석을 가끔씩 탐석하곤 했다.

그러한 수석들은 전국에서 모여드는 석인들이 많이 사가지고 갔다. 차츰 늘어나는 수석과 손님들이 오면 쉴 수 있는 공간이 좁아지자 나는 조금 더 넓은 곳으로 이사를 했다.

물론 이제는 가게 안에 방이 함께 있어 출퇴근이 아닌 한 곳에서 일도 생활도 함께 했다. 그동안의 참 많은 변화와 함께 나의 생활도 많이 안정되어 갔다.

6. 꿈같은 세월

7. 영혼까지 함께할 사람

"임 창 숙"

그녀의 이름이자 40년을 함께 지금도 한집에 살고 있는 영원한 나의 동반자다. 내가 몸살을 앓고 며칠을 간호해 주었던 그녀는 그 후로 한 달도 안 된 걸로 기억되지만 "나는" 한라급도 아닌 백두급을 넘어 천하장사도 부러워하는 평생 월급 타이틀을 걸고 갈대가 사르륵 사르륵 대는 달밤에 씨름으로 우승을 한 후에 곧바로 딸이 먼저 생기고 결혼을 하여 우승 트로피 대신 마음까지 데려와 함께 살기 시작했다.

이사를 온 뒤로 몇 달이 지나 살림집도 함께 있으니 탐석을 못 갈 때는 하루 종일 곁에서 볼 수가 있어서 좋았다. 늘 곁에 있으니 어느새 둘째도 생겼는데 둘째도 딸이라서 동네에서는 딸딸이 아빠라고 불렸었다.

가게 아래쪽으로는 양지약국이 있었는데 우리와 비슷한 나이라 가깝게 지냈다. 그 집에는 아들이 하나 있었다. 이름은 예명이 대롱이다. 그 집은 늘 우리 딸들을 부러워하다 어느 날 둘째를 갖고 낳았는데 아들 쌍둥이가 태어났다. 딸 하나 욕심을 부리다가 아들만 삼형제가 되었다고 울먹이던 대롱이 엄마의 탄식하는 약국의 일화는 지금도 생각하면 웃음이 난다. 지금은 같은 하늘 아래 어디에서 어떻게 살고 있는지 모르지만 아들 삼 형제 효도 받으며 잘 살고 있을 거라 생각해 본다.

우리 수석 가게 앞, 길 건너에는 작은 태양 전파사와 꽃집이 있었다. 전파사에도 딸이 둘이 있었는데 우리는 누구보다도 가깝게 지냈다. 서로가 비슷한 시기에 같은 세대를 살아가는 인연과 같은 이념에 대한 동질감과 이상이 같아서 좋았다. 또 눈뜨면 바로 볼 수 있는 길 건너 친구여서 우린 더욱 가까운 사이가 되었다.

8. 영원히 변치 않을 것 같은 사람들

"엄 종 호"

들으면 친근함이 먼저 다가오는 그 이름! 지금도 40년 우정을 지키며 살고 있고 가끔씩 영월에 가면 절대 다른 곳에서는 못 자게하고 본인 집에서 그동안 쌓인 이야기를 나누다가 슬그머니 먼저 코를 고는 친구다.

며칠 전에도 태풍에 비가 억수같이 오는 날 우리 부부는 그 빗속을 뚫고 달려가 늦은 밤까지 이야기를 나누다 또 코 고는 소리를 듣고야 말았다.

친구가 아름답다는 말은 어쩌면 조금은 쑥스럽게 들릴지 몰라도 나에게 그는 그 이상의 말로는 표현할 수 없는 그런 친구다.

이왕에 말 나온 김에 지금도 인연 속에 우리들 이야기는 하고 가야 할 것 같다.

긴 글은 생략하고 지금도 존경하는 분들의 이름은 동의를 얻어서 실명으로 공개를 한다.

"박영식"

내가 처음으로 영월에 찾아갔던 형님이다.

그날 이후로 물심양면 도와주고 함께 탐석산지도 오토바이로 같이 다니면서 많은 수석 산지와 수석에 대한 지식을 가르쳐준 나의 멘토이자 스승이다.

한때는 형님의 동양화에 반해서 서예도 배우러 다녔다. 그때 서예 원장님이 지어준 호가 (시정 時情)이다. 그때는 몰랐지만 지금 이렇게 시와 이 글을 쓸 수 있는 원동력이 되게 해준 형님이 바로 박영식 형님이시다. 지금도 영월에서 수석 갤러리를 운영하시면서 수석인으로서 앞장 서 오신 수석원로인이시다. 항상 건강하시길 바라는 마음이다.

"최병천"

내가 가게를 처음 열었을 때 찾아와 친형제처럼 지낸 의형제를 맺은 형이다.

영월군청 공무원으로 당시에 통계청 소속으로 근무를 하였다. 그래서인지 영월군의 통계를 조사하러 다니며 산 넘고 물 건너로 다니다 보니 자연적으로 수석을 접하게 되었다는 말을 들었던 형이다.

당시 수석에 대한 열정은 그 누구도 따라갈 수가 없었던 형이다. 퇴직 후에도 지금도 단양에서 거산이란 수석 갤러리 전시관을 열어 운영을 하면서 강이 있는 곳이면 어디든 달려가는 一生을 수석과 함께 살아가며 함께 지내온 나에게는 은인 같은 형이다.

이제는 모두가 건강을 생각할 나이가 되었기에 조금 더 건강에 유의하시길 바래봅니다.

"강주하"

한 건물 3층에 살던 내가 알던 사람들 중에 유일하게 수석과는 먼 사람이었다. 늘 변치 않는 한결같은 모습으로 함께 어울려주고 기쁠 때나 슬플 때도 곁에서 위로해 주는 주하 형, 지금도 그 시절을 생각하며 이야기를 하면 늘 내가 최고라고 칭찬해 주는 형.

당뇨로 고생하면서도 술을 마시는데 이제는 건강도 함께 마시기를 부탁해본다. 참고로 형수님 고질병인 허리도 나으시길!

"차연식"

아침 점심 저녁을 무슨 반찬을 하는지를 알 수 있는 한 건물 옆 가게에 살던 친구이다. 차분하면서도 나서지 않는 조용한 성격이 장점이지만, 단점이 되어, 뜨락에 핀 야생화에 날던 나비는 날아갔지만, 모진 세월 지난 뜨락에 서서 나비가 남긴 꿀벌을 위해 무던한 세월을 마시며 빙그레 웃는 모습이 아름다운 사람, 영원히 변치 않는 모습으로 남은 인생을 위로하며 건강하게 살자.

"김 웅 섭"
수석을 좋아해서 알게 되었고, 당시에 함께 탐석을 하고 아이들과 함께 자주 어울렸던 그는 초등학교 부부 교사이다. 항상 즐겁게 살며 남들보다 빠른 순발력으로 모든 사람들로부터 가장 인기가 좋은 친구 같은 아우다.

모든 일에 긍정적인 성격이 훗날 크게 되리라 믿었지만, 내가 생각한 것보다는 더 빠르게 앞서 나갔다. 교장 선생님이 되고 시교육장까지 지낸 그는 어느새 모든 이들에게 존경받는 사람이 되었다. 그런 그가 나와 한 시대를 같이 살아가는 것에 나 또한 자부심을 가져본다. 그 역시 건강하게 오랜 시간 함께하길 바라면서.

그 외에도 많은 사람들이 있지만 이쯤에서 생략하고 내 마음 속 큰 자리를 차지하고 있는 그를 추억해본다.

나를 이곳으로 올 수 있게 해준 정훈이 형. 그는 세상이 떠들썩했던 큰 사고로 인해 그다음 해에 내 가슴에 아릿한 추억만을 남기고 시간이 머문 그곳으로 날아갔다.

40년이 지난 지금도 그때의 추억이 가끔씩 생각이 나서 그리움에 대한 시를 쓰고 가끔씩 쓰는 수필 미셀러니(miscellany)

에 글을 남긴다.

그래서일까. 나의 글에는 서정적이면서도 감성은 늘 그리움이 차있다는 평을 많이 받는다.

슬픔도 그리울 때가
시집 제목도 그래서인가 보다.

영춘이와 영훈이도 몇 년 후 미국으로 이민을 떠났다. 어떻게 지내는지 그리운 그들의 소식을 알 수 없지만 그때 그 시절, 친구들과의 아련한 추억을 이 글 속으로 남겨 봅니다.

세월은 유수와도 같이 흘러 이곳에 온 지도 어느새 9년째이다. 그 사이에 딸이 하나 더 생겨서 딸 셋이 되었고 남들이 부러워하는 딸 딸 딸 아빠가 되었다.

8. 영원히 변치 않을 것 같은 사람들

9. 큰 가르침이 생활이 되어

그동안에 많은 사람들과의 인연도 많았지만 지금도 기억하는 사람들이 있다. 그분들 중에 몇 분만 이야기하고자 한다. 지금은 세상에 안 계시지만, '건국대 총장을 하셨던 故 조일문 총장님'이시다. 함께 영월 황새여울 탐석지에서 들려주신 말씀은 지금도 나의 신조로 삼고 살아가고 있다.

'이곳도 인연 따라 왔듯이 나와의 인연이 또 다른 시작이었으면 좋겠다.'고 하시던 말씀을 떠올리며 선하게 웃으시던 모습을 떠올려봅니다.

또 한 분은 서울대 병원에서 근무하시다 무슨 사연으로 도립병원 지금의 영월의료원으로 오셨는지는 알 수는 없지만 훗날 영월에 신경외과를 개업하셨던 '故 변달섭 원장님'과의 추억이다.

답답하실 때마다 오셔서 강가에 바람이나 쐬러 가자 하신다. 영월군 '옥동' 지금은 유명한 수석 산지가 되었지만 선생님과 내가 다닐 때에는 거의 사람들이 가지 않던 곳이었다. 나중에서야 들었지만 동쪽에 옥이 나와서 지명이 옥동이라 하는데 그건 설화인 것 같다. 그 당시 새로운 산지에서 나오는 문양에 푹 빠져서 당시에는 아무도 모르게 변 원장님과 둘이서만 다녔다.

선생님과 나는 늘 점심은 삼겹살 반 근에 소주 한 병을 마셨다. 선생님은 세 잔 이상은 절대로 마시지 않으셨다.

몇 년 후 서울로 올라가신 선생님께서 관악산을 등산하시다 심장 마비로 돌아가셨다는 비보를 들었다. 한달음에 달려갔던 가슴 아팠던 그때의 기억은 지금도 내 가슴에는 남아 있다.

그날 장례식장에서 만난 사모님께서는 선생님이 서울에 오셔서도 늘 나와 함께 즐거우셨던 일들의 이야기를 매일 하셨나면서 내 두 손을 집고 우시던 사모님의 모습이 지금 이 글을 쓰면서도 생각이 나서 눈가에 이슬이 송글송글 맺힌다.

그렇게 소중했던 순간들이 허물을 벗듯이 내 가슴에 남아 시름시름 세월을 엿보다가 가늘게 주름진 얼굴에 늘어만 가는 나이를 생각하니 아이들 생각에 걱정이 앞선다.

커가는 아이들 때문에 작은 아파트로 옮겨 살아가던 어느 날, 그해 무더위가 지나고 큰 태풍이 지났다. 수석인들은 그때가 제일 바쁜 시기다. 강물이 뒤집혀 새로운 돌들이 뒤바뀌기 때문이다.

그날은 혼자 서둘러 강가를 찾았는데 갑자기 이유 없이 무서운 생각이 들었다. 왜 그런 생각이 났는지는 잘 모르지만 머리가 서늘함에 물 한 모금을 마시고 진정을 한다.

영춘면 오사리라는 산지가 물살이 빠르고 꽤나 깊은 산중이라 사람들의 왕래가 뜸해서 먼저 찾아온 곳이었다. 두 시간쯤을 강가로 거슬러 오르다가 무심결에 고개를 돌려보다 깜짝 놀라서 뒤로 넘어졌다. 온몸에 소름이 돋고 머리카락은 하늘로 치솟았다. 강가에 물살이 치는 돌 틈 사이로 사람 손이 들락날락하고 있었다. 놀란 눈으로 쳐다보니 죽은 사람이 떠내려와 엎어져서 물살에 흔들리고 있었다. 며칠 전 실종된 사람을 찾는다는 뉴스는 들었지만 여기까지 떠내려와서 내 앞에 있을 줄은 상상도 못 한 일이라 더욱 놀란 것이다. 허겁지겁 마을로 달려와 동네 분들에게 연락을 하니 조금 후에 파출소 순경이 달려왔다. 자초지종을 이야기하고 나는 그곳을 얼른 떠나왔다.

집으로 오는 내내 겁이 났다. 2년 전 공고 선생님이 청풍 탐석을 갔다가도 자갈 채취를 위해 포클레인으로 파놓은 웅덩이에 자갈과 함께 미끄러져 심장 마비로 죽었던 사건이 떠올랐다. 전에는 그렇게까지 생각을 안 했었는데 지금은 너무나 많은 신경 세포들이 서 있는 것처럼 무섭고 두려웠다.

강 탐석이 하루하루 무섭게 느껴지고 언젠가 나도 그런 위험해 처해질 수도 있겠다는 생각이 들었다. 이제는 아이들을 위해 서울로 올라갈 때가 되었나 보다라는 생각도 들었다.

하루하루 그런 생각들로 견디기 힘든 날들이 계속되었다. 심신이 나약해지고 무기력증에 빠져 가게를 하는 건지 마는 건지도 모를 정도에 달했다. 그리고 무엇보다는 커져만 가는 아이들의 장래가 우선이었다.

여러 가지에 매달려 매일 술과 함께 지냈다. 그런 내 모습에 아내는 안타까운 듯 바라만 볼 수밖에 없어 더 애가 탔을 테지만 나의 그런 행동을 이해해 주고 있었다.

그렇게 처음세월을 보낸 1년이 지난 어느 날, 결심은 하였다. 일단 서울 집에는 부모님 두 분만 계시니 부모님이 계신 곳으로 들어가기로 했다. 아내와 나의 인연이 되어준 이곳을 떠나기로 했다.

많은 이들이 헤어짐에 아쉬워하며 수많은 사연들과, 좋은 인연에 함께 할 수 있어서 좋았다며 언제든 오라고들 한다.

이곳에 올 때는 혼자 몸에 덜컹대는 비포장을 달려왔지만, 갈 때는 꽤나 큰 용달차와 아내와 딸 셋을 태운 자가용을 타고 포장이 잘 된 영월 소나기재를 넘어가는 중에 오토바이 한 대가 차를 세운다. 박영식 형님이 늦게 소식을 듣고 따라온 것이다. 형님은 누구보다도 많이 섭섭해하며 올라가면서 아이들하고 식사라도 하라면서 봉투를 하나 내 손에 쥐여주었다. 나는 형님께 그동안 고맙고 감사했던 마음을 전했다.

그렇게 내게 제일 먼저 찾아왔던 인연은 떠나올 때도 끝까지 날 보듬어 주었다.

10년 동안 많은 일들을 겪으며 지내온 정든 이곳을 떠난다는 아쉬운 마음이 들었지만, 나는 또 다른 도전을 향해 다시 시작할 수 있다고 다짐하며 마음을 다잡았다.

혼자였던 때와는 달리 내 어깨에는 이제 가족이라는 막중한 책임감이 무겁게 지어졌다. 하지만 늘 그래왔듯이 긍정은 또 다른 긍정을 불러일으키고 아직 나는 젊기에 무엇이든 할 수 있다는 나의 신념을 믿었다.

나는 아내와 아이들의 노랫소리와 웃음소리를 들으며 서울을 향해 달려가고 있다.

9. 큰 가르침이 생활이 되어

10. 8년 후

1998년 2월의 그날은 지독하게도 도곡동 바람이 매운 고추 맛 같았다.

청계산 골짜기를 빠져나온 바람이 엄지가 살짝 터진 가죽장갑으로 귀를 감싸고 퇴근을 한다. 현장을 벗어난 나는 서둘러 집으로 가기 위해 지하철역으로 빠르게 걷고 있었다. 이렇게 추운 날에는 얼큰한 순댓국에 소주 한 잔이 생각나지만 서둘러 집으로 간다. 지하철역으로 가려면 좁지도, 넓지도 않은 거리를 지나야 한다. 그런데 그 길목이 온통 먹자골목이 아니던가. '얼큰 순댓국집'을 지나 '딱 좋아 맥줏집'을 지날 때, 코끝을 파고드는 겨울 포장마차의 꽃, 순살 어묵 냄새가 두 구멍 뚫린 터널을 마구마구 찌른다.

왕 멸치와 무, 다시마를 넣고 끓인 어묵 국물 냄새는 도저히

피할 수가 없을 때, 포장마차 비닐이 살짝 걷히고 낯익은 얼굴이 씩 웃고 있다. 일식이다. 같은 현장에 다니는데 나와는 오래된 친구다. 처음 양재동 농협 하나로 현장에서 만났으니까. 벌써 알게 된 지도 수년째이다.

"야, 명오야! 추운데 한잔하고 가."

"어? 아직 안 갔네?" 하면서도

얼마나 추운지 내 눈은 이미 어묵에 가 있었다.

"추운데 한 잔부터 받아" 하면서

종이컵에 가득 채운 술을 주는 전기팀 종배다. 일식이와 종배는 어머니가 자매로 이종사촌 간이다.

"어? 같이 있었구나?"

그래, 오늘은 너무 추워서 한잔하고 가려던 참이었다고 한다.

우리는 같은 동네에 살고 있었다. 중곡동과 면목동에서 사실 일식이와 종배는 나보다는 한살이 많다. 주민등록에는 같은데 실제 나이는 한살이 적다. 물론 그들은 모르고 있지만...

갑자기 일식이 이놈이 어깨를 툭! 친다.

"야! 명오야, 안 세임해야시!"란다.

종배도 누런 이를 드러내며

"어때 지난번 복수전도 있는데~"

"아, 나 안돼. 오늘은 일찍 가야 돼."

말도 끝나기 전에 길쭉한 어묵 한 꼬치를 입에 물린다. 아씨,

10. 8년 후

이런 날 어묵에 통통한 순대에 안 넘어갈 놈 세상에 얼마나 될까? 우물거리며 "나 진짜 오늘은 안 되는데!" 하면서 종이컵을 들어 마신다. 기다린 듯, 일식이가 가득 채운 잔을 내민다. 이런 날 이 냄새에 갈증 안 나는 사람 또 어디 있을까?

"어! 어! 알았어!" 하면서 못 이기는 척, 연거푸 두 잔을 마신다.

"캬"

한 잔이 목덜미를 통해 들어오길 얼마나 기다렸는지. 신호등 무시하고 횡단보도 건너서 양재동 고속도로를 지나 배꼽 휴게소에 몇 초 만에 도착한 것 같다. 아랫배가 짜릿하다.

이미 두 잔 술에 내 머릿속은 이미 빨리 가야 함을 잊고, 어느새 내 손은 일식이와 종배의 종이컵으로 왕복을 하고 있다. 서서히 굳어지는 세포와 혀끝 자락에 머리는 온통 다른 생각뿐이다.

아침 출근길에 아내가 했던 말은 어느새 발아래 앉아있는 길냥이에게 순대 한 점과 함께 버린 것 같다. 벌써 시간이 한 시간쯤 된 것 같다. 조금 취기가 오른 나는 두 놈들한테 '복수전'을 해야겠다는 생각이 들었다.

며칠 전에 술내기 당구를 진 적이 있다. 그날은 이놈들 순서가 앞뒤고 내가 마지막이었는데, 이상하게도 그날은 내가 졌다. 늘 80% 이상은 내가 이겼는데... 그날 집으로 와서 곰곰이 생각해 보니 일식이와 종배가 짜고 쳤다는 예감이 들었다. 하필 그날은 부장님한테 한소리 들은 날인데, 위로해 준다는 두 놈의 말에 많이 마시고 친 게 화근이었다.

"오늘 복수전 어때?" 물어본다.

바로 일식이와 종배는 "콜! 오케이!" 하고 웃는다.

나는 이때다 싶어, "꼴찌 노래방 어때?"

두 놈 동시에 계 탄 듯 "콜!!"한다.

나는 아까부터 계획한 터라 종이컵에든 술을 일식이와 종배가 말을 할 때 조금씩 물 잔에 버렸다. 그렇게 우리는 8시가 조금 넘은 시간에 7500원씩 걷어 계산을 하고 어묵집을 나섰다.

먹자골목을 지나 큰길로 나오면서 두 놈은 이상한 눈길을 주고받지만 나는 입꼬리를 올리면서 모른 척한다.

큰길에 3층에 있는 '예스 당구장'으로 올라갔다. 벌써 그곳에는 낯익은 사람들이 당구를 치고 있었다. 취기가 조금 오른 우리는 그들과 가벼운 하이파이브를 하며 끝에 있는 자리로 향했다. 반가운 듯 당구장 주인이 직접 공을 갖다주며 씩 웃는다.

'종업원도 있는데!'

이곳 당구장 주인은 당구 실력이 3000이나 된다. TV에도 가끔씩 나오는 분이라 그런지 이 동네에서는 제법 잘나가는 주인장이다.

왼쪽 손가락 검지 끝 한 마디가 없는데도 말이다. 소문으로는 당구에 미쳐 이혼까지 했다는데 충격으로 다시는 큐대를 안 잡는다는 맹세한 흔적이라 했는데, 할 줄 아는 게 이것뿐이라 다시 시작했다는 소문이다. 물론 그분을 통해서는 못 들었지만... 가끔씩 알려주는데 옆에서 보고 있노라면 당구의 신이라 할 정도로 놀랍다.

당구대의 한쪽 벽에서 (세리)라는 용어로 왔다 갔다 300개를 한 번에 친다.

그건 그렇고, "야 일식아, 종배야! 오늘은 순서를 바꾸자. 지난번 너네, 좀 짜고 친 것 같아" 하니까, "야, 인마!" 하면서 두 놈이 펄쩍 뛴다.

"야, 명오야, 너 무슨 말을 그렇게 하냐. 남자 놈이 쫌스럽게 말이야."

"아 됐고, 너희들 자신 있으면 그렇게 해. 인마."

자식들 살짝 당황한 기색이 보인다.

"알았어, 그러면 일식이가 먼저, 명오가 두 번째, 내가 마지막 할게"라고 종배가 말한다.

원래 종배는 당구 실력이 조금 약한지라 나는 종배만 잡으면 된다는 생각을 하면서 게임을 시작했다. 불과 시작한 지 5분도 안됐는데 낯익은 컬러링이 들린다.

내 전화 벨 소리다. '아차!'싶었다.

"잠시만!" 하고 전화를 받자마자 아내의 큰 목소리가 들린다. 살살 이야기해도 워낙 큰 목소리라 가끔은 경기를 치른다.

"그렇게 오늘은 일찍 오라고 했는데 아직도 안 오고 뭐해!"
하고 묻는다.

"오늘 지난주 발령 난 전 과장님 송별회인 걸 아침에 깜빡
했네."

"무슨 개풀 뜯어 먹는 소리하고 있어! 다음 주에 한다고 했
잖아! 그렇게 술 마시지 말고 일찍 오라고 했는데... 벌써 말소
리가 꼬였네 꼬였어!"

"왜 그래? 오늘 도대체 무슨 날인데 그래?"

"아니, 당신한테는 말 안 했지만 며칠 전 산부인과에서 받아
온 날이라서 일찍 오라고 한 건데"

"아니 그러면 살짝 귀띔이라도 해야지! 내가 말 안 하면 내
가 그걸 어떻게 알아! 나는 오늘 추우니까 빨리 오라는 줄만
알았지!"

"내가 미쳐, 돈이 얼마나 들어갔는데! 말 안한 내가 잘못이
지. 아무튼 끝나는 대로 빨리 와."

참고로 우리 집은 딸만 셋이다. 장인어른이 돌아가실 때, 남
의 집 대를 끊어선 안 된다고 하셨던 말씀을 아내는 막내딸 낳
고도 11년을 간직한 모양이다.

"어? 끝나면 노래빙끼지 예약했는데..."

"야, 명오야, 아직도 통화 중이냐?" 하고 일식이가 눈을 부
라린다. 아까부터 기다린 게 미안하다. "어, 이제 끝났어." 사
실 당구장은 십분 단위로 계산이 되기에 어떤 때는 짜장면 한
그릇에 10번도 더 쉬었다 먹으니 면인지 떡인지 분간을 못할

10. 8년 후

때도 많다.

"야 명오야, 네 차례야", "알았어." 하면서 바라본 빨간 공이 오늘따라 왜 그리 먼 곳에 있는지, 갑자기 손에 땀은 왜 나는지...

가물가물 거리는 공을 향해 큐대를 뻗는 순간, 삑! 소리와 함께 공은 옆으로 간다.

"야, 명오야 공을 이렇게 주면 어떻게 하냐. 일식이가 싫어하잖아~ 나랑 짜고 치는 것 같아서~"라고 웃는 종배란 놈이 얄밉지만 "어떡하냐고." 다 내 탓인데.

일식이와 종배의 게슴츠레한 표정과 좋아하는 녀석들 얼굴을 보며 내 마음 다스려보지만 이미 게임은 끝났다.

결국 카운터 앞에 서있는 건 나였다.

그런데, "일식아, 종배야, 노래방 다음에 가면 안 되겠냐? 집에서 빨리 오라는데..." 두 놈이 펄쩍 뛴다. "야 너 예전 생각 안 나냐? 예전에 내가 졌을 때 그때 너 뭐라고 했는지 기억이 안 나냐? 그때 우리 장모님이 오셨다는 전화를 받고 가야 한다고 했을 때, 네가 '장모님 금방 가실 거 아니잖아 인마, 약속은 인마 하늘이야! 그걸 깨면 우리 사이도 깨지는 것 몰라?'라고 했던 말, 그리고 화장실 갔다 온다고 하고 몰래 주인한테 서비스 30분 더 넣어 달랬던 그날 말이야 인마" 하면서 두 놈들 눈알 굴림이 심상치 않다. '캬, 이놈들 진짜 할 말 없게 만드네.'

'이제 와서 후회하면 무얼 하나.. 다 내가 뿌린 씨앗인데...'
어쩔 수 없이 건물 지하에 있는 찬스 노래방에 들어선다.

오랜만에 들린 탓인지 주인이 반갑게 맞이하면서 "어머! 오늘은 어떻게 알고 왔을까?" 한다. 무슨 말인지 어리둥절해 하는데 일식이가, "어? 진짜야?" 하면서 녀석의 얼굴이 활짝 핀다. "야! 무슨 말이야?", "지난번에 철민이랑 용문이하고 왔는데 옆방에서 노래하던 아줌마들이 노래를 잘 부른다면서 합석했거든, 그때 그 아줌마들이 또 있나 봐!" 한다.

'하긴 수놈들끼리 노는 것보다는 낫지 않을까?' 하는 생각과 아버지한테 물려받은 유전자 중 가장 좋은 것이 노름과 바람 안 피우는 것인데, 종배가 "합석할까?" 물어본다.

"아 몰라, 너희 맘대로 해." 하며 내 입꼬리는 어느새 귀밑에 걸렸다.

그렇게 시작된 노래는 12시가 다 돼서 끝이 났다. 시간 가는 줄 모르고, 세상에 짓눌린 무게를 이 좁고 벌집 같은 네온사인 아래에 토해내니 내 안의 무엇인가 빠져나간 듯, 온몸이 으스스하며 서늘함이 훅! 밀려온다.

거리를 맴도는 겨울바람이 왜 이렇게 차가운지 모르겠다. 술이 깬다. 휑한 거리에는 갈 길 잃은 좀비들만 기웃거리고 있다. 멀리 보이는 택시의 노란 등이 어렴풋이 보인다. 빈 택시인가 보다. 비틀거리며 엄지를 세우며 면목동과 중곡동을 외

10. 8년 후

친다.

훗날 삼성중공업 건설사에서 55세의 젊은 나이로 퇴직 후 또 다른 나를 찾기 위해 새로운 자리를 향한 내 마음이 닿은 이곳, 좋은 환경 속에서 산자락이 잘 어우러진 재현중고등학교 시설 관리실에서 현재까지 열심히 일하면서 불암산 아래에서 좋은 시와 좋은 글을 쓰는 오늘에 감사함을 전해 봅니다.

아울러 이 책을 통해 재현중고등학교 김진우 이사장님과 교장선생님 두 분과 중, 고등학교 선생님들 행정실장님 행정실 내 모든 분들과 나와 함께 하는 우은환 기사와 김철민 기사에게도 고맙다는 말을 쑥스럽지만 전해 봅니다.

10. 8년 후

11. 2020년 봄

경기도 별내 신도시로 이사 온 지도 어언 6년째인 3월의 어
느 휴일 아침 우리 부부는 여느 날과 같이 산책을 하고 있었다.

큰 개울은 아니어도 청둥오리와 재두루미가 가끔 눈에 띄
고 작은 물고기들이 반짝거리는 개울을 따라 벚꽃 날리는 향
기를 맡으며 신도시답게 잘 만들어진 이곳 산책길이 나는 호
젓해서 좋다.

휴일이라 그런지 많은 사람들이 산책을 즐기는 가운데 우리
는 또 하나의 추억을 담으려고 스마트폰 카메라로 사진을 찍
고 있는데, 옆에서도 아마 우리와 비슷한 동년배인 듯한 부부
가 우리와 같이 멋진 풍경을 담고 있었다.

마음속으로 멋진 인생을 아름답게 살아가신다는 생각을 하며 돌아서려는데,

"저기요, 저희 사진 한 번만 찍어 주시겠어요?" 부탁을 하신다.

"아! 예" 알겠습니다.

스마트폰을 받아들고 카메라 앵글을 보다가 고개가 갸우뚱해진다. 부인의 얼굴이 어디선가 본 듯한 낯설지 않은 얼굴이다. 아까는 다른 분의 부인이라 자세히 쳐다볼 수가 없었던 터라 잘 몰랐는데 다시 보아도 어디선가 본 듯한 얼굴이지만 그 짧은 시간에 문득 기억이 났다.

"아! 맞다"

40년 전 부산 용두산 공원 아래 정원 레스토랑에 언니를 도와 주러 가다 비둘기호 열차에서 만난 정은 씨다. 사진을 찍으려다 말고 저기 혹시 부산 용두산 공원 손정은 씨 아니신지요? 라고 물으니 부인께서도 깜짝 놀란 표정으로 제 이름을 어떻게 아시는지 의아해하신다. 남편분도 약간 의아한 표정이고 내 아내도 무슨 일인지 어리둥절한 표정이다.

내 이름을 밝히니 그때서야 기억이 났는지 참으로 오랜만이라고 반가운 척을 하신다.

우리는 산책길을 나와 카페에서 차 한 잔을 마시면서 그녀와의 40년 전 인연을 그녀의 부군과 내 아내에게 이야기하면

서도 오랜 시간이 흐른 그 당시 잊혔던 일들이 주마등처럼 스쳐 지났다.

당시에 힘들어했던 나에게 위로를 해준 고마운 분이라 언젠가는 꼭 한번은 어디에서 어떻게 사는지 우연이라도 만났으면 좋겠다는 생각도 했었다. 두 분 역시 아름답게 살아오신 것 같아 참으로 다행이었다.

우리 두 부부는 그 후로도 가끔은 저녁 식사도 함께하며 인생길 동반자로서 살아가며 함께 여행도 가기로 하면서 또 다른 인연에 찾아온 고마움을 느낀다.

살면서 살아가면서 살아야 하는 삶을 행복이라 여기며 하루하루를 소중하게 보내고 싶은 마음으로 살아가려 합니다.

Ⅱ. 2020년 봄

12. 1999년 운 좋게 태어난 놈

나는 지금의 늦둥이 아들한테 고맙다는 소리를 참 많이 든는다.

그날 이후 그 다음 해에 태어난 아들이 지금은 군대에 가 있다. '그날 술 안 마셨으면 이놈이 아닌 어떤 놈이었을까?'

이 글이 세상에 알려지는 책으로 나올 때쯤이면 아마도 제대를 해서 늦둥이와 함께 낚시터에서 부자지간의 정을 나누고 있지는 않을까? 생각을 해보면서 초보 소설가의 첫 작품을 마치려 합니다. 우연이라도 이 글을 읽을 수 있는 기회가 되신 분들께도 진심으로 감사함을 전합니다.

코로나19로 이 어려운 시기를 함께 지내온 분들께도 다시 한번 건강 유의하시고 행복과 함께 즐거운 시간 가지시길 간절

히 바라면서 저 파란 하늘처럼 코로나 없는 세상 그날이 빨리
오기를 기원해 봅니다.

긴 글 읽어주셔서 다시 한번 감사합니다.

훗날 나의 영원한 동반자가 기다리는 줄도 모르고
꿈길에서 보이는 낯선 이의 활짝 웃는 모습이 지금도
생생했던 걸 생각해보면서 지금은 꿈이 아닌 걸
다행이라는 마음으로
오늘도 이 행복한 아침을 맞는다.

1999년생
운 좋게 태어난 놈

최명오 소설

2021년 6월 16일 초판 1쇄
2021년 6월 18일 발행
지 은 이 : 최명오
펴 낸 이 : 김락호
디자인 편집 : 이은희
기 획 : 시사랑음악사랑
연 락 처 : 1899-1341
홈페이지 주소 : www.poemmusic.net
E-Mail : poemarts@hanmail.net

정가 : 10,000원
ISBN : 979-11-6284-291-1